칼릴 지브란
예언자

칼릴 지브란
예언자

오동성 옮김 · 정일모 그림

나마스테

차
례

한국 사회에서 1980년대 중반은 사회와 역사 앞에서 무언가를 해야만 했던 시대였습니다. 거기에서 그 누구도 자유로울 수 없다는 생각으로 이십대를 살던 나는 예언자를 동경했습니다. 흐려져 있는 삶의 본질을 꿰뚫고 왜곡된 삶을 고발하는 이 시대의 예언자로 살고 싶었던 것입니다. 그런데 그런 예언자에 대한 기대로 20대 초반에 만난 칼릴 지브란의 《예언자》는 나를 당황하게 했고 또 다른 세계를 희미하게 열어 주는 불빛이 되었습니다.

"이 느낌은 뭐지?"

그리고 5년여, 시퍼렇게 섰던 칼날이 조금씩 무디어지고 이념을 넘어 존재를 찾게 되던 즈음, 바깥으로만 향하던 에너지 때문에 내면이 막혀 숨을 쉴 수 없게 되었을 때 칼릴 지브란을 다시 만났습니다. 그리고 숨을 쉬듯이 《예언자》를 읽어 내렸습니다. 그때 만난 칼릴 지브란은 길 위에 서 있는 나에게 위로가 되고 힘이 되어 주었지요. 내가 찾고 찾아왔으면서 놓치고 있던 길, 그리고 내가 하고 싶었던 고백을 예언자 안에서 다시 보며 설렘이 시작되었습니다.

"아, 지금 내가 잘못 살고 있는 것은 아니구나!"

다시 20년을 더 살고 사십대 중반에 토론토에서 칼릴 지브란의 《예언
자》를 운명처럼 다시 만나게 됩니다. 새로운 일을 시작하면서 알지 못
하는 길 앞에 두려움을 마주하던 때에 우연히 영문판이 손에 들어와 반
가운 마음으로 읽기 시작한 것입니다. 그리고 찾아온 감동은 20년 전의
그것과 또 달랐습니다. 살아온 세월의 고뇌와 물음이 칼릴 지브란을 다
시 만나게 했고 그가 본 세계를 함께 바라보며 가늠할 수 있게 되었나
봅니다. 칼릴 지브란이 《예언자》를 20년 넘게 썼고, '이 작은 책을 위해
평생을 보냈다.'고 말했듯이 나도 그러하였습니다.
"삶은 이렇게 연결되는구나!"

그리고 그렇게 만난 《예언자》와 칼릴 지브란의 세계를 내 언어인 한국
어와 나의 눈으로 다시 표현해 보고 싶었습니다. 그래서 페이스북에 번
역을 시작하며 친구들과 나누었더랬습니다. '그는 무슨 이야기를 하려
는 것일까?' '그가 본 것은 무엇일까?' 그렇게 조금씩 아껴가며 곱씹고

곱씹어 가슴으로 오고 몸으로 다가올 때까지, 삶의 보화를 캐내듯이 머물러 있어 보았습니다. 그래서 그가 오늘 나의 삶 가운데 다시 살아날 때까지 그를 만나는 시간이 참 행복했습니다. 언제 이토록 그 무엇과 누구를 헤아려 본 적이 있었을까?

"아, 이렇게 부활하는구나!"

그러니《예언자》를 다시 만나 번역하며 누구보다 내가 수지맞았습니다. 번역하는 동안 숨결, 눈길, 발걸음이 그와 하나가 되어 감히 칼릴 지브란이 지금 여기에서 나와 함께 길을 걸었다 하겠습니다. 그렇게 토론토 은혜 양로원을 시작하던 여름과 가을과 겨울, 그리고 봄, 열 달간《예언자》는 나와 함께해 주었습니다. 외롭고 힘이 들 때 그가 나와 소통하며 위로해 주었고 손가락 까딱할 힘도 없는 즈음에도 그의 언어와 문장이 내 가슴을 움직여 신 나게 해 주었지요. 메마른 가슴에 바람을 불어 준 그런《예언자》였습니다.

"이런 것이 숨이 막히도록 설레는 것이구나!"

오늘 이렇게 내가 만난《예언자》를 함께 나누고 싶어 다시 번역하여 내놓아 봅니다.《예언자》를 읽으며 만나고 보낸 나의 외로움, 감격과 설렘을 우리가 지금 여기에서 함께 만날 수 있다면 그것으로 족합니다. 번역하는 동안 함께해 준 페이스북의 친구들과 지금까지 함께 길을 걸어 준 벗들, 특히 은혜 양로원에서 손발이 되어 내게 번역할 여유를 안겨 준 김예지 양과 이슬아 양, 박정순 씨, 그리고 신명 나는 그림으로 영감을 더해준 작가 정일모 님 덕분에 작업을 다 할 수 있어 감사의 마음을 남깁니다. 또 물심양면으로 늘 든든한 후원자가 되어 주시고 이 책을 출판할 수 있도록 힘을 주신 들소리 최병주 세무사님께 감사드립니다.

더불어 삶을 예술로 가꾸는 한 길을 걸어오신 선생님, 장길섭 아침햇살 님의 회갑을 기념하며 이 책을 헌정할 수 있어 기쁜 마음입니다.

2013년 늦은 가을

깊은산 오동성

이제 그대의 배가 왔으니 그대는 떠나야만 하리요.
그러나 그대가 떠나기 전에 청하오니 우리에게 그대의 진리를 말하여 주소서.

배가 오다

알무스타파는 자기 시대의 여명으로 선택된 사랑받는 사람이었다.

그는 열두 해 동안 올팔레즈에서 본향으로 돌아갈 배를 기다리고 있었다.

그리고 열두 번째 되는 해의 추수 달인 이엘룰월 제7일,

그날도 그는 도시 밖에 있는 언덕에 올라 바다 쪽을 바라보다가 안개 속에서 그 배가 오고 있는 것을 보았다.

그러자 마음의 문이 활짝 열려 그의 기쁨이 저 멀리 바다 위로 날아올랐다.

그리고 그는 눈을 감고 고요한 영혼이 되어 기도를 드렸다.

그러나 그 언덕에서 내려오자 슬픔이 그에게 밀려왔다.

그는 마음속으로 생각했다.

어떻게 하면 내가 슬픔 없이 평화롭게 이곳을 떠날 수 있을까?

아니, 나는 영혼의 상처 없이는 이 도시를 떠날 수 없으리라.

내가 이 도시 안에서 보낸 아픔의 날이 길었고 고독의 밤은 더 길

었다.

그 누가 후회 없이 자신의 아픔과 고독으로부터 떠날 수 있으랴?

이 거리 거리에 뿌려 놓은 내 영혼의 조각들이 너무 많고,

이 언덕들 사이로 다 드러내고 다녔던 아이와 같은 나의 갈망의 흔
적들이 너무나 많으니

괴로움과 아픔이 없이는 이들로부터 떠날 수 없으리라.

오늘 내가 벗어 버리는 것은 그냥 옷이 아니라 내 손으로 찢어 낸
살갗이니

내가 떠난 뒤에 남기는 것은 하나의 생각이 아니라 갈증과 열망이
녹아진 나의 마음이라.

그러나 나는 더 이상 머물 수가 없구나.

모두를 부르는 바다가 나 또한 부르니 나는 배에 올라야만 한다.

비록 시간이 밤새 불타 없어진다 하여도

머문다는 것은 틀에 묶이고 얼어 버리고 굳어져 버리는 것이라.

예
언
자

나는 간절히 이곳에 있는 모두와 함께 가고 싶으나 내 어찌 그럴 수 있으랴?

목소리도 날개를 달아준 혀와 입술을 남겨 두고 홀로 허공을 향해야만 하고,

독수리도 둥지를 버리고 홀로 태양을 가로질러 날아가야 하리라.

이제 그가 언덕의 기슭에 이르렀을 때에 다시 바다를 향해 돌아서서

항구로 다가서는 배와 그의 본향 사람들인 선원들이 있는 뱃머리를 바라보았다.

그리고 그의 영혼은 그들에게 소리쳐 말하였다.

파도를 타고 온 나의 오랜 어머니의 아들들이여,

그대들은 얼마나 자주 나의 꿈속에 찾아왔던가?

그런데 이제 내가 깨어 있을 때 그대들이 오고 있으니 이는 더 깊

은 꿈이라.

나는 떠날 준비가 되어 있다.

나의 열망은 돛을 한껏 펼치고 바람을 기다리고 있다.

이 고요한 대기 속에서 오직 한 번만 더 숨을 쉬고,

한 번만 더 사랑스럽게 뒤를 돌아보고 나서

나도 뱃사람들 중의 하나가 되어 그대들 가운데 있으리라.

그리고 광대한 바다여,

그대는 홀로 강과 시내에 자유와 평화를 주는 잠들지 않는 어머니
시라.

이제 이 시내가 한 번만 더 굽이를 돌고,

한 번만 더 이 숲 속에서 속삭이고 나면

무한한 물방울이 무한한 바다로 가듯이 나는 그대에게 가리라.

그리고 그가 걸어가자

멀리서 남자와 여자들이 들판과 포도밭을 떠나 성문을 향해 서둘

러서 오는 것이 보였다.

그의 이름을 부르며 이 들판에서 저 들판으로 서로에게 배가 오고 있다고 소리치는 그들의 목소리도 들렸다.

그는 자신에게 말했다.

헤어지는 날이 만나는 날이 될 것인가?

나의 저녁이 사실은 나의 새벽이었다고 말할 수 있을까?

밭고랑에 쟁기를 던져두고 오는 저 사람, 포도주 짜는 틀을 멈춘 그에게 나는 무엇을 줄 수 있을까?

나의 심장이 열매가 가득 달린 나무가 되어 그들에게 열매를 나누어 줄 수 있을까?

나의 열망이 샘처럼 흘러 넘쳐 그들의 잔을 채울 수 있을까?

나는 진실로 신의 손길이 닿는 하프이고 신의 숨결이 지나가는 피리인가?

나는 침묵을 찾는 사람인데 그 침묵 안에서 무슨 보물을 발견하여 확신을 가지고 나눌 수 있을까?

오늘이 수확의 날이라면 나는 기억하지 못하는 그 어느 계절, 어느 밭에 그 씨앗을 뿌렸던가?

만일 참으로 오늘이 내가 등잔을 들어야 할 날이라면 그 안에 있는 것은 나의 불꽃이 아니니

내가 어둡고 텅 빈 나의 등잔을 들어 올리면 밤을 지키는 이가 거기에 기름을 채우고 불을 켜리라.

그는 이런 말들을 하였으나 그의 가슴에는 말로 다하지 못한 말들이 더 많이 남아 있었다.

그의 보다 깊은 비밀은 말로는 다 할 수 없었기 때문이라.

그가 도시에 들어오자 모든 사람들이 그를 만나기 위해 와서 한목소리로 소리치고 있었다.

도시의 어른들도 앞으로 나와 아직 떠나지 말아 달라고 말했다.

그대는 우리 황혼에 한낮의 빛이었고 그대의 젊음은 우리에게 꿈을 꾸게 하였으니
그대는 우리 가운데 낯선 이나 손님이 아니고 우리 아들이며 우리가 끔찍이 사랑하는 이라.
아직은 우리 눈이 그대가 보고 싶어 아프지 않게 하시라.

그리고 남녀 사제들도 그에게 말했다.
지금 저 바다의 물결이 우리를 갈라놓지 않게 하시고
그대가 우리 가운데 지낸 날들이 기억으로만 남지 않게 하시라.
그대는 우리 가운데 영혼의 정신으로 계셨고 그대의 그림자는 우리 얼굴에 빛이었으니
우리가 그대를 너무나 사랑했다오.
그러나 우리의 사랑은 그림자에 가려져 말로 표현할 수 없었으니
이제는 그 사랑이 그대를 큰 소리로 부르며 그대 앞에 드러나 서리라.

참으로 사랑이란 이별의 날이 오기까지는 그 깊이를 알지 못하는 것이라.

다른 이들도 와서 간청했지만 그는 대답이 없었다.
그저 고개를 숙이고 있었고 가까이에 서 있는 이들은 그의 가슴에 떨어지는 눈물을 보았다.
그리고 그와 사람들은 사원 앞에 있는 너른 광장으로 나아갔다.
거기 신전에서 알미트라라고 하는 한 여자가 나왔는데 그녀는 예언자였다.

그는 한없이 다정하게 그녀를 바라보았으니
그가 그 도시에 온 첫날에 그를 가장 먼저 찾아와 믿어 주었던 그녀였다.
그녀도 기쁘게 그를 맞으며 말했다.
신의 예언자여, 궁극적인 것을 추구하는 이여,

그대는 그대의 배를 찾아 아주 오래 먼 길을 지나 오셨습니다.

이제 그대의 배가 왔으니 그대는 떠나야만 하리요.

그대의 위대한 열망이 있는 본향을 향한 그대의 마음은 사무치니

우리의 사랑이 그대를 묶을 수 없고 우리의 필요가 그대를 붙잡을

수 없으리라.

그러나 그대가 떠나기 전에 청하오니 우리에게 그대의 진리를 말

하여 주소서.

그리하면 우리는 그것을 우리의 아이들에게 전하고 그들은 또 그

들의 아이들에게 전해서 영원히 사라지지 않으리라.

그대는 그대의 고독 속에서 우리의 날들을 지켜보아 주었고

우리가 미망 속에서 웃고 우는 것을 늘 깨어서 들어 주었으니

이제 우리를 우리 자신에게 열어 주시고

탄생과 죽음 사이에서 그대에게 보여 온 모든 것을 말해 주소서.

그러자 그가 대답했다.

올팔레즈 사람들아,

지금 이 순간 그대들의 영혼을 움직이고 있는 것 외에 내가 무엇을

더 말할 수 있으랴?

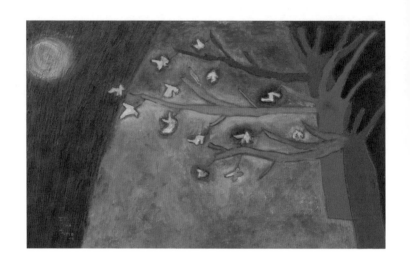

사랑이 그대들을 부르면 사랑을 따르라.
사랑의 날개가 그대들을 감싸 안으면 그대들의 온몸을 사랑에게 맡겨라.

사랑에　대하여

그러자 알미트라가 말했다.

"우리에게 사랑에 대해 말씀해 주십시오."

그가 고개를 들어 사람들을 바라보니 그들이 고요해졌다.

이윽고 그는 소리를 높여 말하였다.

사랑이 그대들을 부르면 사랑을 따르라.

비록 그 길이 험하고 가파르더라도,

사랑의 날개가 그대들을 감싸 안으면 그대들의 온몸을 사랑에게 맡겨라.

그 부드러운 날개털 속에 숨겨진 칼날이 그대들에게 상처를 입힌다 해도,

사랑이 그대들에게 말하면 사랑을 믿으라.

겨울바람이 뜰을 황량하게 만들듯이 사랑의 말이 그대들의 꿈을 산산조각 낸다하여도,

사랑은 그대들을 괴롭히는 만큼 영광스럽게 할 것이요.

사랑은 그대들의 가지를 베어 내는 만큼 그대들을 성장하게 하리니.

사랑은 그대들의 가장 깊은 곳까지 내려가 근원에 잇닿은 그대들의 뿌리를 흔들어 놓겠지만

사랑은 또한 그대들의 가장 높은 곳까지 올라가 햇빛 아래 떨고 있는 그대들의 연약한 가지를 보듬어 안아 주리라.

사랑은 그대들을 곡식 단 거두듯이 자기에게로 거두어들일 것이요.

사랑은 그대들을 본래의 모습이 드러나도록 도리깨질 할 것이요.

사랑은 그대들을 채질하여 거추장스런 껍데기를 다 불어내 자유롭게 할 것이요.

사랑은 그대들을 하얀 가루가 되도록 갈아 낼 것이요.

사랑은 그대들을 부드러워질 때까지 반죽해 내리라.

그리하여 마침내,

사랑은 그대들을 신성한 불꽃 위에 올려놓아 신의 향연에 거룩한

빵이 되게 하리라.

사랑이 행하는 이 모든 일들을 통하여
그대들은 그대들 가슴의 비밀을 알게 되고
그 깨달음으로 그대들은 삶과 진실로 하나가 될 수 있으리라.

그러나 만일 그대들이 두려움에 갇혀 사랑이 주는 평안과 즐거움
만을 찾으려 한다면
그대들은 그대들의 알몸을 가리고 사랑의 타작마당에서 나오는 게
더 나으리라.
하지만 사랑의 타작마당 밖은 그대들이 웃는다 해도 다해서 웃을
수 없고 운다고 해도 마음껏 울 수 없는 무미건조한 세상일 뿐이다.

사랑은 자기 자신만을 주고 자기 자신에게서만 받으며
사랑은 소유하거나 소유당하지 않으니

사랑은 사랑만으로 충분하리라.

그대들이 사랑할 때
그대들은 "신이 내 안에 있다."고 말하기보다는 "내가 신 안에 있다."고 말하라.
그리고 그대들이 사랑의 길을 인도할 수 있으리라 생각하지 말라.
오히려 사랑이 그대들의 길을 인도하리라.
그대들에게 자격이 있다면,

사랑은 스스로를 다하는 것 말고는 다른 열망이 없다.
그러나 만일 그대들이 사랑하면서도 다른 열망들을 가져야 한다면
이러하여라.
서로 녹아 하나가 되어 흘러가며 밤새도록 자기 노래를 하는 시냇물이 되라.
넘치는 애정에서 오는 고통을 알게 되라.

예
언
자

스스로 사랑을 받아들여서 상처받고 기꺼이 즐겁게 피 흘리라.

새벽에는 활기차게 일어나 사랑할 수 있는 또 다른 하루에 감사하라.

한낮에는 쉬면서 사랑의 황홀한 기쁨을 명상하라.

저녁에는 감사와 함께 집으로 돌아오라.

그리고 사랑하는 이들을 위한 그대들 가슴의 기도와 입술의 찬양과 함께 잠들라.

같은 곡을 연주하면서도 각기 다른 소리를 내는 현악기의 줄들처럼
함께 즐거이 춤추고 노래하지만 각자 홀로 있는 시간을 잊지 말라.

결혼에 대하여

그러자 알미트라가 다시 말했다.

"스승이시여, 그러면 결혼은 무엇입니까?"

그가 대답하여 말했다.

그대들은 함께 태어났고 또 영원히 함께 있으리라.

그대들은 죽음의 하얀 날개가 그대들의 생을 흩을 때도 함께 있으리라.

아, 심지어 신의 침묵 안에서도 그대들은 함께하리라.

그러나 함께 있되 그대들 사이에 거리를 두어라.

그래서 하늘 바람이 그대들 사이에서 춤추게 하라.

서로 사랑하라.

그러나 서로를 사랑으로 속박하지는 말라.

그보다는 그대들 영혼의 기슭 사이에 바다가 흐르게 하여라.

서로의 잔을 채우되 한쪽의 잔만을 마시지는 말라.

빵도 서로와 나누되 한쪽의 빵만을 먹지는 말라.

같은 곡을 연주하면서도 각기 다른 소리를 내는 현악기의 줄들처럼

함께 즐거이 춤추고 노래하되 각자 홀로 있는 시간을 잊지 말라.

그대들의 마음을 주라.

그러나 상대가 허락하지 않으면 내버려 두라.

오로지 운명만이 그대들의 마음을 담을 수 있으리라.

그리고 함께 서 있으라.

그러나 너무 가까이 서 있지는 말라.

사원의 기둥들도 서로 떨어져 있고, 참나무와 삼나무도 서로의 그늘에서는 함께 자랄 수가 없지 않은가?

그대들은 아이들과 같아지려고 애쓸 수는 있으나
그들을 그대들과 같이 만들려 하지는 말라.
삶은 뒤로 돌아 가지도 않고 어제에 머물지도 않기 때문이라.

자녀들에 대하여

그리고 아이를 품에 안은 한 여인이 말했다.
"우리에게 아이들에 대해 말씀해 주십시오."
그가 말했다.

그대들의 아이들은 그대들의 아이들이 아니다.
그들은 자기 삶을 열망하는 생명의 아들들과 딸들이라.
그들은 그대들을 통해 왔지만 그대들로부터 온 것은 아니니
그들은 그대들과 함께 있지만 그대들에게 속한 것은 아니다.

그대들은 아이들에게 사랑은 줄 수는 있으나 그대들의 생각은 주어서는 아니 되리라.
아이들에게도 각자 자신의 생각이 있기 때문이다.
그대들은 아이들의 몸은 돌볼 수는 있으나 그들의 영혼은 거둘 수 없으니
아이들의 영혼은 그대들이 꿈에라도 결코 찾아볼 수 없는 내일의

집에 살기 때문이다.

그대들은 아이들과 같아지려고 애쓸 수는 있으나 그들을 그대들과 같이 만들려 하지는 말라.

삶은 뒤로 돌아가지도 않고 어제에 머물지도 않기 때문이라.

그대들은 활이니

살아 있는 화살 같은 아이들은 그대들로부터 쏘아져 앞으로 나아 간다.

신은 무한의 길 위에 있는 과녁을 겨누고

그의 화살이 빠르고도 멀리 갈 수 있도록 온 힘을 다해 그대들을 당기리라.

그러니 그대들은 신의 손에 기쁘게 당겨지라.

그는 날아가는 화살을 사랑하는 것만큼 튼튼한 활인 그대들을 또 한 사랑해 주시리라.

예
언
자

그대들이 소유한 것들로 베풀려 할 때 그대들은 베풀 수가 없구나.
그대들 자신을 내어 줄 때 진정으로 베풀 수 있으리라.

베푸는 것에 대하여

그러자 한 부자가 말했다.

"우리에게 베푸는 것에 대해 말씀해 주십시오."

그가 대답했다.

그대들이 소유한 것들로 베풀려 할 때 그대들은 베풀 수가 없구나.

그대들 자신을 내어 줄 때 진정으로 베풀 수 있으리라.

그대들의 소유란 내일 부족할 것이 두려워 지키고 간직하는 것뿐

이지 않은가?

그러면 내일이 그대들에게 무엇을 줄 수 있을까?

그것을 기대하는 것은 어리석은 일이라.

마치 순례자들을 따라가는 개가 내일을 염려해 표식도 남길 수 없

는 사막에 뼈다귀를 묻어 두는 것과 같다.

또 부족할 것이 두렵다 함은 이미 부족하다는 뜻이지 않은가?

그대들의 우물에 물이 가득할 때는 그 어떤 목마름도 두려워하지

않으리라.

많이 가졌으나 조금밖에 베풀지 않는 사람들이 있는데,
그들은 남이 알아주길 바라는 은밀한 욕망으로 그들의 베풂마저
불순하게 만들어 버린다.
그리고 조금 가졌지만 있는 것을 다 베푸는 사람들이 있으니,
그들은 삶과 삶의 풍성함을 믿고 있어 그들의 주머니는 결코 비지
않으리라.
또한 기쁨으로 베푸는 사람들이 있으니 기쁨이 그들이 받을 보상
이다.
그리고 고통스럽게 베푸는 사람들이 있는데 고통은 그들의 대가이
리라.
그리고 베풀면서도 고통을 느끼거나 기쁨을 찾거나 하지 않고 또
좋은 일을 한다는 아무런 의도도 없는 이들이 있다.
그들은 저 골짜기에 그저 향내를 가득하게 하는 나무같이 베푸니

이런 이들의 손길로 신은 말씀하시고
이들의 눈 뒤에서 세상을 향해 미소 지으시리라.

요청을 받고 베푸는 것도 좋으나 요청하지 않아도 헤아려 베푸는
것이 더 좋다.
그리고 그런 이들에게는 베푸는 것보다 받을 이들을 미리 살피는
기쁨이 더 크리라.

그대들이 붙잡고 놓지 못하는 것이 있는가?
그대들이 가진 그 모든 것은 언젠가 다 내놓아야 할 것이니,
지금 베풀라.
그래서 베푸는 기회가 그대들의 것이 되게 하고 뒷사람의 것이 되
지 않게 하라.

그대들은 종종 "나는 받을 가치가 있는 것에만 베풀리라."고 말

한다.

그러나 과수원의 나무들이나 목장의 양떼들도 그렇게는 말하지 않을 것이다.

그것들은 자기가 살기 위해서 다 내어 주니, 붙잡고 내놓지 않으면 죽게 되리라는 것을 알기 때문이라.

분명 낮과 밤을 맞이하는 이들이라면 그대들로부터 모든 것을 받을 자격이 있다.

또 삶의 바다에 서 있는 자들이라면 누구나 그대들의 작은 냇가로부터도 잔을 채울 자격이 있는 것이라.

그리고 받을 수 있는 용기와 확신, 아니 사랑 안에 있는 것보다 더 큰 자격이 또 있을까?

그런데 그대들은 받는 이들의 가슴을 찢고 자존심을 벗겨 내어 그들의 가치에 상처를 입히고 자존심을 망가뜨리고 있지 않은가?

무엇보다 먼저 그대들 자신이 베풀 자격이 있는지, 베푸는 도구가 될 수 있는지 살펴보라.

사실로 삶에 베풀 수 있는 것은 삶뿐이니,

무언가를 베풀고 있다고 생각하는 그대들은 단지 목격자일 뿐이다.

그리고 실로 그대들은 모두가 받는 이들이니, 얼마나 감사를 해야 할까 계산하지 말라.

그래서 그대들 스스로와 베푸는 이에게 멍에를 지우지 말아야 하리라.

그보다 받은 선물로 날개를 삼아서 베푸는 이와 함께 훨훨 날아오르라.

그대들이 진 빚에 너무 마음을 두는 것은 아낌없이 다 주는 대지를 어머니로 삼고 하늘을 아버지로 삼은 베푸는 이의 관대함을 의심하는 것이 되리라.

먹고 마시는 것을 하나의 예배가 되게 하라.

먹고 마시는 것에 대하여

그러자 여관 주인인 한 노인이 말했다.

"우리에게 먹고 마시는 것에 대해 말씀해 주십시오."

그가 말했다.

그대들은 땅의 향기만으로 살 수 있는가?

식물처럼 빛만으로도 생명을 이어갈 수 있는가?

그러나 그대들은 먹기 위해 죽여야만 하고 목마름을 위해 어린 것들로부터 어미의 젖을 빼앗을 수밖에 없다.

그러므로 먹고 마시는 것을 하나의 예배가 되게 하라.

그대들의 식탁을 제단으로 세우고 그 위에 숲과 대지의 순결 무고한 것들을 올려서 그대들 안에 있는 더 순결하고 무고한 것들을 위한 희생 제물이 되게 하라.

짐승을 죽일 때 마음을 다하여 이렇게 말하라.

"그대를 죽인 것과 같은 힘으로 나도 죽임을 당할 것이고 나 또한

먹히리니,

그대를 내 손으로 오게 한 운명이 나 또한 더 힘 있는 손으로 인
도하리라.

그대의 피나 나의 피는 하늘의 나무들을 자라게 하는 수액일 뿐
이라."

그리고 사과를 입으로 베어 물 때 마음을 다하여 이렇게 말하라.

"그대의 씨앗이 나의 몸에서 살아가리니,

그대의 내일의 싹 또한 나의 심장에서 꽃 피리라.

그리하여 그대의 향기가 내 숨결이 되어 우리가 함께 온 계절을 누
리리라."

그리고 가을에 포도주를 짜기 위해 포도밭의 포도를 모아들일 때

그대들의 마음을 다하여 이렇게 말하라.

"나 역시 포도밭이니 나의 열매도 포도주가 되기 위해 거두어지고

새 포도주처럼 영원의 항아리에 보관되리라."

그리고 겨울에 포도주를 따를 때
포도주가 담긴 잔마다 그대들의 가슴 안에 있는 노래가 있게 하라.
그리고 그 노래 가운데 그 가을날들과 그 포도밭과 그 포도주를 짜
던 마음들이 잊혀 지지 않게 하라.

모든 일들은 사랑이 없을 때에 텅 빈 것이라.
그대들이 사랑으로 일할 때, 그대들은 스스로를 만나고 또 다른 이들과 연결되고
결국에는 신에게로 이어질 수 있으리라.

일에　대하여

그러자 한 농부가 말했다.

"우리에게 일에 대해 말씀해 주십시오."

그가 대답하여 말했다.

그대들은 일을 함으로 대지와 대지의 영혼에 발걸음을 맞추어 갈
수 있으리라.

일을 게을리 하는 것은 철부지가 되는 것이고,

영원을 향해 나아가는 장엄하고 당당한 삶의 행렬에서 벗어나는
것이다.

그대들은 일을 할 때 피리와 같으니

시간의 속삭임이 그대들을 통해 음악으로 변하여 울려나리라.

모두가 한소리에 맞추어 연주할 때에

그대들 가운데 누가 아무런 소리도 내지 못하는 갈대 피리가 되기
를 원하는가?

그대들은 항상 일은 저주이고 노동은 불행하다고 들어 왔다.

그러나 나는 말한다.

그대들이 일을 할 때 그대들은 대지의 가장 깊은 꿈의 일부가 되어 가고 있는 것이다.

그 꿈은 처음 있었을 때부터 그대들의 몫으로 주어진 것이라.

그리고 그대들은 일을 계속하는 동안 삶을 진정으로 사랑할 수 있으니

일을 통해 삶을 사랑하는 것이 삶의 가장 깊은 비밀과 친숙해지는 것이리라.

그러나 만일 그대들이 괴로워서 세상에 태어남을 고통이라 부르고 생계를 위해 일하는 것을 이마에 새겨진 저주라 한다면,

나는 그대들 이마의 땀방울만이 그곳에 새겨진 저주를 씻어줄 거라고 대답하리라.

또한 그대들은 삶은 어둠이라고 들어 왔고

예
언
자

그대들 역시 지쳐 있어 삶에 지친 사람들이 한 말을 되풀이해 왔다.

그러나 나는 말한다.

삶은 진실로 열정이 없을 때에 어둡고

모든 열정은 깨달음이 없을 때에 맹목적이며

모든 깨달음은 일이 없을 때에 쓸 데가 없고

모든 일들은 사랑이 없을 때에 텅 빈 것이라.

그리고 그대들이 사랑으로 일할 때,

그대들은 스스로를 만나고 또 다른 이들과 연결되고 결국에는 신에게로 이어질 수 있으리라.

그러면 사랑으로 일하는 것이 무엇이랴?

그것은 사랑하는 이가 입을 옷처럼 그대들의 심장으로부터 자아낸 실로 바느질하는 것이리라.

그대들의 사랑하는 이가 살 집처럼 정성으로 집을 짓는 것이리라.

그대들의 사랑하는 이가 그 열매를 먹을 것처럼 마음을 다해 씨를 뿌리고 기쁨으로 수확하는 것이리라.

사랑으로 일하는 것은 그대들이 만든 모든 것에 그대들만의 영혼
의 숨결을 불어 넣는 것이니,

사랑으로 일하는 것은 모든 축복받은 영혼들이 그대들 곁에 서서
언제나 지켜보고 있다는 것을 아는 것이다.

나는 종종 그대들이 잠꼬대처럼 말하는 것을 들어왔다.

"대리석을 조각하며 그 안에서 자신의 영혼의 모양을 발견하는 사
람이 땅을 일구는 사람보다 고귀하고, 천 위에 무지개 색으로 사
람의 형상을 수놓는 이가 발에 신는 신발을 만드는 이보다 고상하
다."

그러나 나는 잠결이 아니라 한낮에 깨어서 말하노니,

바람은 큰 참나무라 해서 작고 가는 풀잎에게 보다 더 달콤하게 속
삭이는 것이 아니라.

자신만의 사랑으로 일하여 바람 소리를 더 달콤한 노래로 바꾸는

이만이 위대하다.

일은 눈으로 보이게 나타난 사랑이라.

만약 그대들이 사랑으로 일할 수 없고 억지로 일을 할 수밖에 없다면

그대들은 일하지 말고 사원 문에 앉아서 기쁨으로 일하는 사람에게 구걸이나 하는 것이 나으리라.

만일 그대들이 기쁨으로 빵을 만들지 않는다면 그대들은 사람의 배고픔을 반도 채우지 못하는 쓴 빵만을 만들 것이기 때문이다.

그리고 만일 그대들이 포도를 투덜거리며 짠다면 그대들의 불평은 포도주에 독으로 스며들 것이라.

또 만약 그대들이 천사처럼 노래하면서도 그 노래를 사랑하지 않는다면 그대들은 사람들의 귀를 멀게 하여 낮과 밤의 소리를 듣지 못하게 할 뿐이라.

그대들이 기쁠 때에 그대들의 가슴속을 깊이 들여다보라.
그러면 그대들에게 슬픔을 주었던 바로 그것이 지금 기쁨을 주고 있다는 것을 알게 될 것이다.

기쁨과 슬픔에 대하여

그러자 한 여인이 말하였다.

"우리에게 기쁨과 슬픔에 대해 말씀해 주십시오."

그가 대답했다.

그대들의 기쁨은 가면을 벗은 슬픔이니 그대들의 웃음이 올라오는 바로 그 우물에 때로는 그대들의 눈물이 가득 찼었다.

그러니 그럴 수밖에 없지 않은가?

그대들이 그대들 안으로 슬픔을 더 깊이 새길수록 그대들은 더 많은 기쁨을 간직할 수 있으리라.

그대들의 포도주를 담은 잔은 옹기장이의 가마에서 뜨겁게 달구어졌던 바로 그 잔이 아닌가?

또 그대들의 영혼을 위로하는 악기는 칼로 그 속을 도려내었던 바로 그 나무가 아닌가?

그대들이 기쁠 때에 그대들의 가슴속을 깊이 들여다보라.

그러면 그대들에게 슬픔을 주었던 바로 그것이 지금 기쁨을 주고 있다는 것을 알게 될 것이다.

그대들이 슬픔에 잠겨 있을 때에도 다시 그대들의 가슴을 들여다 보라.

그러면 그대들에게 기쁨이었던 바로 그것 때문에 눈물 흘리고 있음을 볼 것이다.

그대들 가운데 어떤 이는 "슬픔보다 기쁨이 크다."하고, 어떤 이는 "아니다. 슬픔이 더 크다."고 한다.

그러나 나는 그 둘은 떨어질 수 없다고 말한다.

그들은 함께 와서 하나가 그대들의 식탁에 홀로 앉아 있을 때 다른 하나는 그대들의 침대에서 잠들어 있음을 잊지 말라.

참으로 그대들은 그대들의 슬픔과 기쁨 사이에서 저울추처럼 매달려 흔들리고 있으니

오로지 그대들이 텅 비어 있을 때에만 멈추어 균형을 이룰 수 있을 것이다.

예언자

그러니 보물 관리인이 금과 은을 달아 무게를 재기 위해 그대들을
들어 올릴 때
그대들의 슬픔이나 기쁨이 오르거나 내리는 것은 어쩔 수 없으
리라.

—

그대들의 집은 정박하는 닻이 아니라 항해하는 돛대가 되게 하라.

그리고 상처를 감추는 얄팍한 껍데기가 아니라 눈을 보호하는 눈꺼풀이게 하라.

집에   대하여

그러자 한 벽돌공이 앞으로 나와 말했다.

"우리에게 집에 대해 말씀해 주십시오."

그가 대답하여 말하였다.

그대들은 도시에 집을 짓기 전에 광야에 마음으로 그린 작은 집을 지어야 한다.

그래서 그대들이 황혼에 집으로 돌아오듯이 멀리 떠도는 그대들 안의 외로운 방랑자도 그곳으로 돌아올 수 있도록 하여라.

그대들의 집은 그대들의 더 큰 몸이니,

그대들의 집은 낮의 태양 아래서 자라고 밤의 정적 안에 잠들며 꿈을 꾼다.

그대들의 집은 꿈을 꾸지 않는가?

그리고 꿈꾸며 도시를 떠나 숲과 언덕으로 향하지 않는가?

내가 그대들의 집을 내 손 안에 모아들일 수만 있다면

내가 씨를 뿌리는 사람처럼 그대들의 집을 숲과 들에 뿌릴 수 있으리라.

그리하여 그 골짜기들이 그대들의 거리가 되고 그 초록 길들이 그대들의 뒷골목이 된다면

그대들은 포도밭 사이에서 서로 서로를 찾아낼 수 있을 것이고

옷깃에 품은 대지의 향기와 함께 돌아올 수 있으리라.

그러나 이러한 일들은 아직 일어나지 않았다.

그대들의 조상들은 두려움 때문에 그대들을 도시로 너무 가까이 모아 놓았고

그 두려움은 조금 더 지속될 것이니

그동안 도시는 그대들의 집을 들판에서 떨어뜨려 놓으리라.

그러니 말해 다오!

올팔레즈 사람들아!

이러한 그대들의 집 안에 가지고 있는 것이 무엇인가?

그 문을 단단히 닫아걸고 지키고 있는 것이 무엇인가?

그대들의 힘을 드러내주는 조용한 에너지인 평화인가?

마음과 마음의 꼭대기를 이어주는 빛나는 구름다리에 대한 기억인가?

마음을 목석으로 만들어진 것들로부터 거룩한 산으로 인도할 그 아름다움인가?

말해 보라, 그대들의 집에 이런 것들이 있는가?

아니면, 그대들의 집에는 오로지 안락과 안락을 향한 욕망만이 있는가?

그것들은 그대들의 집에 손님으로 들어와 몰래 주인 노릇을 하다가 마침내 주인이 되어 버리리라.

그래.

안락은 갈고리와 채찍으로 그대들을 길들여서 더 큰 욕망의 꼭두각시가 되게 하리라.

그 손은 비단결 같으나 그 가슴은 쇳덩어리라.

그것은 그대들의 침대 곁에 서서 그대들을 달래서 잠재우고는 육체의 존엄함을 비웃는다.

그것은 그대의 건강한 감각을 비웃으며 위태로운 곳에 두어 깨지기 쉬운 그릇 같게 할 것이다.

참으로 안락을 향한 욕망은 영혼의 열정을 죽이고 그 장례식장을 비아냥거리며 지나가리라.

그러나 무덤 속에서도 잠들지 못하는 우주의 자녀인 그대들이여!

그대들은 그 안락의 함정에 빠지지도 말 것이며 길들여지지도 말 것이다.

그대들의 집은 정박하는 닻이 아니라 항해하는 돛대가 되게 하라.

그리고 상처를 감추는 얄팍한 껍데기가 아니라 눈을 보호하는 눈꺼풀이게 하라.

예언자

그대들은 그 문들을 지나려고 날개를 접지 말고,

천장에 부딪힐까 머리를 숙이지도 말고,

벽에 금이 가 무너질까 봐 숨 쉬는 것을 두려워도 말라.

그대들은 죽은 자가 산 자를 위해 만든 무덤에 거하지 말라.

그리고 아무리 장엄하고 화려하다 할지라도

그대들의 집이 그대들의 비밀을 붙들어 두거나 그대들의 열망을

숨기는 곳이 되어서는 아니 되리라.

그대들 안의 무한한 존재는 하늘의 대저택에 머물기 때문이니,

그 하늘 저택의 문은 아침 안개이고 그 창문은 밤의 노래와 고요이

리라.

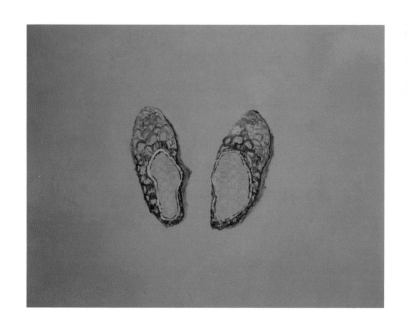

그대들의 옷은 그대들의 아름다움을 많이 가리지만 아름답지 못한 것을 숨겨 주지는 못하니,
그대들은 옷으로 숨기고 싶은 것들을 가려서 자유를 얻으려 하나
오히려 옷이 거추장스런 갑옷이 되고 사슬이 되는 것을 알게 될 것이다.

옷에 대하여

그리고 베를 짜는 직공이 말하였다.
"우리에게 옷에 대해 말씀해 주십시오."
그가 대답했다.

그대들의 옷은 그대들의 아름다움을 많이 가리지만 아름답지 못한 것을 숨겨 주지는 못하니,
그대들은 옷으로 숨기고 싶은 것들을 가려서 자유를 얻으려 하나 오히려 옷이 거추장스런 갑옷이 되고 사슬이 되는 것을 알게 될 것이다.
그대들은 옷을 덜 입고 맨살을 더 드러내어 햇볕과 바람을 만나야 하리니,
삶의 숨결은 햇살 안에 있고
삶의 손길은 바람 속에 있기 때문이라.

그대들 가운데 누군가는 말한다.

"우리에게 옷을 짜 입힌 것은 북풍이다."

그렇다.

북풍이 맞다.

그러나 그대들의 수치심이 그의 베틀이었고 약해진 열정이 그의 실이었다.

그리고 그의 일을 마쳤을 때 그는 숲 속에서 웃었다.

그대들의 속살을 가려주는 천 조각은 부정한 이의 눈을 막는 방패일 뿐임을 잊지 말라.

그리고 부정한 이가 더 이상 있지 않을 때

그것은 단지 마음을 가로막는 족쇄가 아니면 무엇인가?

그러니 대지는 그대들의 맨발의 감촉을 기뻐하고

바람은 그대들의 머리카락과 어울려 놀기를 간절히 바라고 있음을 잊지 말라.

예
언
자

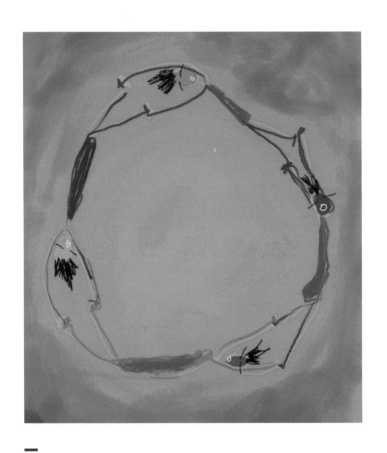

대지는 그대들에게 자신의 열매를 나누어 주고 있으니
어떻게 그것들을 손에 채워 넣을지 안다면 부족함이 없을 것이라.
그대들의 풍요와 만족은 대지의 선물을 잘 주고받는 가운데 있다.

사고파는 일에 대하여

그리고 한 상인이 말했다.

"우리에게 사고파는 일에 대해 말씀해 주십시오."

그가 대답하여 말했다.

대지는 그대들에게 자신의 열매를 나누어 주고 있으니

어떻게 그것들을 손에 채워 넣을지 안다면 부족함이 없을 것이라.

그대들의 풍요와 만족은 대지의 선물을 잘 주고받는 가운데 있다.

그러나 사랑과 배려 가운데 주고받지 않는다면 그대들은 탐욕이나

배고픔에 시달리게 되리라.

바다와 들과 포도밭의 일꾼인 그대들은

시장에서 직공과 도공과 향료 모으는 이들을 만날 때에,

대지의 주관자가 그대들 가운데 오셔서

그대들의 저울과 서로의 값을 매기는 계산을 성스럽게 하시기를

빌라.

그리고 빈손으로 거래에 끼어드는 자들을 내버려 두지 말라.

그대들의 노동을 말로만 사려는 자들에게 이렇게 말해야 하리라.

"우리와 함께 들로 가거나 우리의 형제들과 같이 바다로 가서 그 물을 던지자.

땅과 바다는 우리들에게처럼 그대들에게도 관대하리라."

그리고 만일 거기에 노래하고 춤추며 악기를 연주하는 이들이 오면 그들의 재능을 또한 사라.

그들 역시 열매와 향료를 모으는 이들이니

그들이 가져오는 것은 꿈처럼 보이지는 않으나

그대들의 영혼을 위한 의복이며 음식이기 때문이다.

그리고 그대들은 시장을 나서기 전에 빈손으로 가는 이가 없는지 살펴보라.

대지를 주관하는 신은 그대들 중 지극히 작은 이의 필요까지 다 채워지기 전에는 바람 위에서 평화로이 쉬지 않을 것이기 때문이다.

정의로운 자도 악한 이들의 행위에 결백할 수가 없고,
정직한 자도 무거운 죄를 지은 이의 소행 앞에 깨끗할 수 없다.

죄와 벌에   대하여

그러자 도시의 재판관 한 사람이 앞으로 나와서 말했다.

"우리에게 죄와 벌에 대해 말씀해 주십시오."

그가 대답하여 말했다.

그대들의 영혼이 바람을 따라 떠돌고 있을 때,

그대들은 지켜주는 이 없이 홀로이므로 누군가에게 죄를 짓고, 그

래서 그대들 자신에게도 죄를 짓게 된다.

그 죄로 인해 그대들은 천국의 문을 두드리고도 그 문 앞에서 하염

없이 기다리고 있어야만 하리라.

그대들의 존재는 마치 바다와도 같다.

그는 영원히 더렵혀지지 않고 남아 있으리라.

그리고 대기에 차 있는 정기처럼 숭고한 것들만 들어 올린다.

또한 그대들의 존재는 심지어 태양과도 같다.

그는 두더지의 길도 모르고 뱀의 구멍도 찾지 않는다.

그러나 그대들의 존재는 그대들 안에 홀로 거하지 않으리라.

그대들 안의 많은 부분은 여전히 사람에 불과하고, 또 아직 사람에 이르지 못한 부분도 많이 있으니

다만 드러나는 모습도 없이 스스로의 깨어남을 찾아 잠결에 안개 속을 헤매고 다니고 있을 뿐이라.

그러므로 이제 나는 그대들 안의 한 사람에 대하여 말하고자 한다.

죄와 벌에 대해 아는 이는 그대들의 존재도, 안개 속을 헤매는 초라한 이도 아닌 바로 그 사람이기 때문이라.

종종 그대들은 잘못을 범한 이가 그대들 중의 한 사람이 아니라 그대들에게 찾아온 낯선 사람이고 그대들 세계의 침입자이듯이 말해 왔다.

그러나 나는 말하노니

아무리 거룩하고 의로운 이도 그대들 안의 가장 높은 곳을 넘어 오를 수 없으며

또한 악하고 약한 자도 그대들 안의 가장 낮은 곳 아래로 떨어질 수 없으리라.

그러니 단 하나의 잎사귀도 나무의 허락 없이는 떨어질 수 없듯이 죄를 짓는 자도 그대들 전체의 동의 없이는 그럴 수가 없는 것이라.

마치 함께 행진하는 행렬처럼 그대들은 존재를 향하여 함께 걸어가고 있는 중이다.

그대들이 바로 그 길이며 또한 여행자들이다.

그러니 그대들 가운데 하나가 넘어진다면 그는 그의 뒤에 있는 이들을 위해 넘어지는 것이니

그들의 앞에 있는 장애물을 조심하라 경고해 주는 것이리라.

아!

그는 또한 앞서가는 이들을 위해서도 넘어지니

빠르고 확실한 걸음으로 간다고 하지만 여전히 장애물을 치우지

못했던 그를 위해서다.

그리고 이 말이 그대들의 가슴을 무겁게 누르더라도 그러하리라.
살해당한 자도 자기의 죽음에 책임이 없지 않고,
강도당한 자도 자기의 강도당한 것에 잘못이 없지 않다.
정의로운 자도 악한 이들의 행위에 결백할 수가 없고,
정직한 자도 무거운 죄를 지은 이의 소행 앞에 깨끗할 수 없다.

그래,
죄인이란 때로는 피해당한 이들을 위한 희생물이다.
그리하여 여전히 정죄받는 이들은
비난받지 않는 자나 죄 없다 여기는 자들의 짐을 대신 지고 가고
있는지도 모른다.
그러니 그대들은 옳은 자와 그른 자를, 선한 자와 악한 자를 구분
할 수 없다.

예
언
자

그들은 흰색 실과 검정색 실이 함께 옷감으로 짜여지듯이 태양 앞에 함께 서 있기 때문이다.

그러하니 검정색 실이 끊어질 때 옷감을 짜는 이는 옷감의 전체를 살펴야 할 뿐더러 베틀 역시 살펴보아야 하는 것이라.

만일 그대들 중의 누가 부정한 아내를 재판정에 데리고 온다면

남편의 마음도 저울로 무게를 재고 그의 영혼도 자로 재어보게 해야 하리라.

그리고 잘못을 범한 이를 채찍질하려는 사람에게는 잘못을 당한 이의 영혼도 살펴보게 하라.

또한 그대들 가운데 누가 정의의 이름으로 벌하려고 악한 나무에 도끼를 대려한다면

그가 나무의 뿌리도 함께 보게 하라.

그리하면 진실로 그는 선과 악, 열매 맺는 것과 열매를 맺지 못하는 것의 뿌리는

침묵하는 대지의 가슴 속에 함께 뒤엉켜 있음을 발견하게 되리라.

정의롭게 재판하려고 하는 그대들이여,
육체적으로는 정직하지만 정신적으로는 도둑인 자를 어떻게 판결할 것인가?
육체적으로는 살인자이나 정신적으로는 살해당한 자를 어떻게 정죄하겠는가?
그리고 겉으로는 사기꾼이고 박해자이지만, 그 역시 학대받고 고통당한 자를 어떻게 고발하겠는가?
그리고 잘못을 저질렀지만 이미 뉘우침이 더 큰 자들을 또 어떻게 벌하겠는가?
그대들이 기꺼이 섬기는 바로 그 법으로 집행되는 정의는 양심의 가책, 뉘우침을 위한 것이 아닌가?
하지만 여전히 그대들은 죄 없는 이에게 양심의 가책을 지울 수도 죄인의 가슴에서 그것을 빼앗을 수도 없으니 뉘우침은 초대하지 않아도 한밤중에 찾아와 사람들을 깨우고 스스로를 바라보게 하리라.

그러므로 정의를 이해하려는 그대들이여,
충분히 밝은 빛 안에서 모든 사실을 다 살펴보지 않고 어떻게 정의를 알 수 있겠는가?
오로지 전체를 보고 나면 똑바로 서 있는 자나 넘어진 자는 한 사람에 불과하다는 것을 알게 되리라.
그는 존재의 낮이 저물어 현실의 밤이 되는 황혼 사이에 서 있을 뿐이다.
또한 사원의 머릿돌과 더불어 가장 낮은 곳에 놓인 기초석도 사원을 세우는 데 중요한 역할을 하고 있음을 알게 되리라.

그대들은 북소리를 약하게 할 수도 있고 수금의 줄을 느슨하게도 할 수 있으나,
누가 과연 저 종달새에게 노래를 하지 말라고 명령할 수 있겠는가?

법에 대하여

그러자 한 법률가가 말했다.

"스승님, 그러면 우리의 법이란 무엇입니까?"

그가 대답했다.

그대들은 법을 만들기를 좋아하지만 위반하는 것은 더 좋아하니 마치 바닷가에서 계속 모래성을 쌓고는 그것을 웃으면서 무너뜨리며 노는 아이들 같구나.

그러나 그대들이 모래성을 쌓는 동안 바다는 더 많은 모래를 기슭으로 밀어 보내고 그대들이 모래성을 무너뜨릴 때 바다는 그대들과 함께 웃음 짓는다.

진실로 바다는 항상 순진무구한 이들과 함께 웃으리라.

그러나 삶이 바다가 아니고 사람이 만든 법이 모래성이 아닌 사람은 어찌할까?

삶을 바위로 여기고 법을 그 바위에 자기 형상을 새기는 조각칼로 여기는 사람은 어찌할까?

춤추는 무용수들을 싫어하는 절름발이들은 어찌할까?

자신의 멍에를 사랑하면서 숲 속의 엘크나 사슴을 길 잃고 방황하는 것들로 여기는 황소들은 어찌할까?

자신의 허물은 벗을 수 없으면서 다른 모든 뱀들을 벌거숭이고 부끄러움을 모른다고 하는 늙은 뱀들은 어찌할까?

또한 결혼잔치에 일찍 와서 잔뜩 먹고는 지루해져서 모든 잔치는 불법이고 모든 잔치에 참석한 사람들은 법을 위반하였다고 말하는 자들은 어찌할까?

나는 이런 이들은 햇빛 아래 서 있으나 태양을 등지고 있다고밖에 말할 수 없다.

그들은 단지 자신들의 그림자만 보기에 그림자가 그들의 법이다.

그러니 그런 이들에게는 태양이란 그림자를 던질 뿐이지 않은가?

그리고 법을 인정한다는 것은 단지 엎드려서 땅 위에 있는 그들의 그림자를 쫓아가는 것 외에 무엇인가?

그러나 태양을 향해 걸어가는 그대들이여!

땅에 그려진 어떤 그림이 그대들을 붙잡을 수 있을까?

바람과 함께 여행하는 그대들이여!

어떤 풍향계가 그대들의 길을 인도해 줄 것인가?

만일 그대들이 다른 누군가의 감옥 문이 아닌 자신의 멍에를 부순

다면 어떤 사람의 법이 그대들을 묶을 수 있을까?

만일 그대들이 다른 누군가의 쇠사슬에 얽매이지 않고 그대들의

춤을 춘다면 어떤 법이 그대들을 두렵게 할 것인가?

그리고 만일 그대들이 그대들의 옷을 찢는다 해도 다른 누군가의

길에 버리지 않는다면 그대들을 판결할 자 누구이겠는가?

올팔레즈 사람들아,

그대들은 북소리를 약하게 할 수도 있고 수금의 줄을 느슨하게도

할 수 있으나,

누가 과연 저 종달새에게 노래를 하지 말라고 명령할 수 있겠는가?

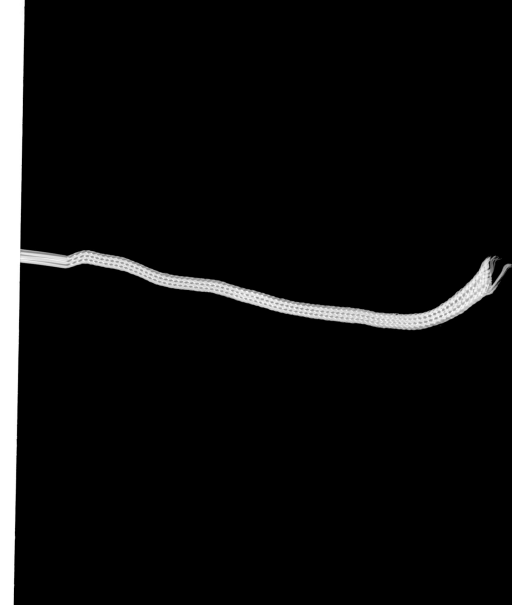

삶을 두르고 있는 그것들을 벗어 버리고 그 위에 일어설 수 있을 때에
오히려 진정한 자유를 알게 되리라.

자유에 대하여

그리고 한 웅변가가 말했다.

"우리에게 자유에 대해 말씀해 주십시오."

그가 대답했다.

나는 사람들이 왕래하는 대로에서, 그리고 집안에서 그대들이 엎드려 자신만의 자유를 숭배하는 것을 보아 왔다.

마치 폭군에게 학살당하면서도 비굴하게 그를 찬양하고 있는 노예들처럼 말이다.

그렇다.

종교와 문명의 그늘 아래서 그대들 가운데 가장 자유롭다고 하는 이들이 멍에와 수갑처럼 자유를 두르고 있는 것을 나는 보아 왔으니

그때 내 심장이 찢어졌다.

그대들이 자유를 목표와 성취라고 말하기를 그치고 자유를 찾고자 하는 욕망조차 없어질 때 비로소 자유로울 수 있기 때문이라.

근심이 가득한 그대들의 낮과 결핍과 비탄이 가득한 그대들의 밤에도 그대들은 자유로울 수 있으니,

삶을 두르고 있는 그것들을 벗어 버리고 그 위에 일어설 수 있을 때에 오히려 진정한 자유를 알게 되리라.

그러니 그대들은 깨달음의 새벽에 지난 한낮의 시간을 묶어 온 그 사슬을 끊어 내야 하리라.

그렇지 않고 어떻게 근심과 결핍과 비탄의 낮과 밤을 지나 일어설 수 있겠는가?

비록 그 고리가 햇빛 아래 반짝여 그대들의 눈을 현혹시킨다 하더라도,

그대들이 자유라 부르는 것은 그대들을 묶는 사슬들 중에서도 가장 강한 사슬이라.

그대들이 자유롭기 위해 내버리려 하는 것이 그대들의 일부가 아니라면 무엇인가?

예언자

그대들이 내버리려는 것이 부정한 법이라 하더라도

그것은 그대들의 손으로 이마에 쓴 것이다.

그대들이 아무리 법전을 불사르고 판사의 이마를 씻고 바닷물을
그 위에 붓는다 해도

그것을 지울 수 없으리라.

그대들이 몰아내려 하는 자가 폭군이라면

먼저 그대들 안에 세워진 그 폭군의 권좌가 무너져 있는가를 보라.

아무리 폭군이라 하더라도

그대들이 가진 자유 안에 압제가 들어 있지 않고 자존심 안에 부끄
러움이 있지 않고는 어떻게 자유롭고 자존심 있는 그대들을 다스
릴 수 있겠는가?

그대들이 벗어 던지려는 것이 근심이라면

그 근심은 그대들에게 떠맡겨진 것이기보다는 그대들이 선택한 것
이리라.

그대들이 쫓아 버리려는 것이 두려움이라면

그 두려움은 두렵게 하는 자의 손아귀에 있는 것이 아니라 그대들의 가슴에 있다.

그대들이 열망하는 것과 두려워하는 것,
싫어하는 것과 좋아하는 것,
따르는 것과 피하고 싶어 하는 그 모든 것들은
그대들의 존재 안에 끊임없이 뒤엉켜 움직이고 있으니
이 모든 것들은 그대들 안에서 한 쌍의 빛과 그림자로 착 달라붙어
움직인다.
그래서 그 그림자가 사라져 더 이상 있지 않게 되면
떠나지 못하고 남은 빛은 또 새로 오는 빛의 그림자가 되어 버리는
것이다.
그리하여 그대들의 자유는 족쇄에서 벗어나는 순간에 더 큰 자유의 족쇄가 되어 버리리라.

예언자

그대들은 신의 하늘 아래 한 숨결이고, 신의 숲 안의 한 나뭇잎이므로
그대들 역시 이성 안에서 쉬고 감정 안에서 일하여야 하리라.

이성과 감정에 대하여

그리고 한 여사제가 다시 말했다.

"우리에게 이성과 감정에 대해 말씀해 주십시오."

그가 대답하여 말했다.

그대들의 영혼은 자주 전쟁터가 되어 그대들의 이성과 분별이 감정과 욕구에 대항해 싸운다.

내가 만일 그대들 영혼의 조정자라면 나는 그대들 안에 있는 그 불화와 적대감을 하나의 노래가 되게 할 수 있으리라.

그러나 그대들 스스로가 조정자가 되지 않는다면, 아니 그대들이 그대들 안의 모든 본성들을 사랑하지 않는 한 내가 어찌 그럴 수 있으랴?

그대들의 이성과 감정은 항해하는 영혼의 방향을 정하는 키이며 속도를 높이는 돛이다.

만일 그대들의 돛이나 키가 고장이 난다면 그대들은 정처 없이 표

류하거나 바다 한가운데 멈추어 있을 수밖에 없으리라.

왜냐하면 이성은 홀로 다스리기엔 그 힘이 모자라고,

그대들이 보살피지 않는 감정은 자기를 불태워 파괴하는 불꽃이기

때문이라.

그러므로 그대들의 영혼으로 하여금

그대들의 이성을 감정의 높이까지 드높이고 노래하게 하라.

그리하여 이성과 함께 감정을 이끌어

그대들의 감정이 자신의 재로부터 일어나는 불사조처럼 날마다 부

활하여 살게 하라.

내가 그대들에게 바라노니

그대들의 분별과 욕구를 그대들의 집에 온 두 명의 소중한 손님처

럼 대우하라.

그대들은 어느 한 손님을 다른 손님보다 더 존중해서는 아니 되

리라.

예
언
자

만일 그대들이 하나에 더 마음을 둔다면 결국은 둘 모두의 사랑과 믿음을 잃어버리리라.

그대들이 언덕 가운데 백양목의 시원한 그늘 아래 앉아 먼 들판과 초원의 고요와 평화를 맛보며 있을 때에는 가슴으로 하여금 고요 가운데 말하게 하라.

"신은 이성 안에서 쉬신다."

그리고 폭풍이 불어오고 큰 바람이 숲을 뒤흔들고 천둥 번개가 하늘의 위엄을 드러낼 때에는 그대들의 가슴이 경외함으로 말하게 하라.

"신은 감정 안에서 일하신다."

그대들은 신의 하늘 아래 한 숨결이고, 신의 숲 안에 있는 한 나뭇잎이므로

그대들 역시 이성 안에서 쉬고 감정 안에서 일하여야 하리라.

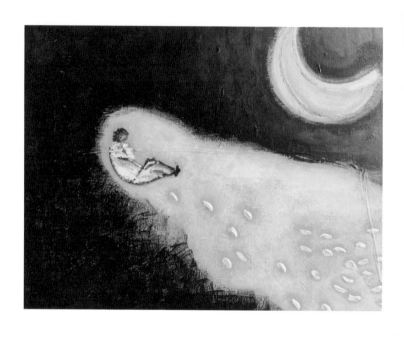

그대들 고통의 대부분은 스스로 선택한 것이다.
고통은 그대들 내면의 의사가 병을 치료하기 위해 처방한 쓰디쓴 약이니
그 의사를 믿고 고요하고 평안하게 그의 치료약을 마시라.

고통에 대하여

그러자 이번에는 한 여인이 말하였다.

"우리에게 고통에 대해 이야기해 주십시오."

그는 말했다.

그대들의 고통은 그대들의 깨달음을 둘러싸고 있는 껍질을 깨뜨리는 것이라.

과일의 씨도 싹을 틔워 햇빛을 보려면 부서져야 하듯이 그대들도 고통을 알아야만 한다.

그리고 날마다 일어나는 삶의 기적들 앞에 그대들의 가슴이 뛸 수만 있다면 그대들의 고통은 기쁨보다도 경이로울 것이라.

그러면 그대들이 들판 위로 지나가는 계절을 항상 받아들여 왔듯이 가슴속을 지나는 계절도 기쁘게 받아들이게 될 것이라.

그리하여 그대들은 슬픔의 겨울조차도 평온하게 바라볼 수 있으리라.

그대들 고통의 대부분은 스스로 선택한 것이다.

고통은 그대들 내면의 의사가 병을 치료하기 위해 처방한 쓰디쓴 약이니

그 의사를 믿고 고요하고 평안하게 그의 치료약을 마시라.

그의 손이 비록 모질고 혹독하더라도 보이지 않는 이의 부드러운 손길로 인도함을 받고 있기 때문이다.

또한 그가 내오는 잔이 뜨거워 그대들의 입술을 타게 하더라도 그 잔은 신이 자신의 거룩한 눈물로 적신 흙으로 빚은 것이기 때문이라.

예
언
자

"나는 진리를 찾았다."라고 말하지 말고 "나는 하나의 진리를 찾았다."고 말하라.
"나는 영혼의 길을 찾았다."고 말하지 말고 "나는 나의 길을 걷는 영혼을 만났다."고 말하라.

참 나를 아는 것에 대하여

그리고 한 남자가 말하였다.

"우리에게 참 나를 아는 것에 대해 말씀해 주십시오."

그가 대답하여 말하였다.

그대들의 가슴은 침묵 속에서 낮과 밤의 비밀을 알고 있으나,

그대들의 귀는 가슴이 아는 것을 소리로 듣고 싶어 하는구나.

그대들은 이미 생각으로 알고 있는 것을 말로도 알고 싶어 하는구나.

그대들은 그대들의 꿈의 속살을 그대들의 손가락으로 만지고 싶어 하는구나.

그렇게 하는 것은 잘하는 것이다.

그대들의 영혼 안에 감추어진 샘은 반드시 솟아나 졸졸 소리를 내며 바다로 흘러가야만 하리라.

그러면 그대들의 무한히 깊은 내면에 있는 보물이 그대들의 눈앞

에 드러나리라.

그러나 그대들의 숨겨진 보물을 저울로 달려하지 말고 그대들의 앎의 깊이를 줄이나 자로 재려하지 말라.

참 나는 측량할 수 없는 무한한 바다이기에 그러하다.

"나는 진리를 찾았다."라고 말하지 말고
"나는 하나의 진리를 찾았다."고 말하라.
"나는 영혼의 길을 찾았다."고 말하지 말고
"나는 나의 길을 걷는 영혼을 만났다."고 말하라.
영혼은 모든 길들을 다 걷기 때문이니
영혼은 하나의 길만을 걷지도 않고 갈대처럼 한 곳에서 무성히 자라나지도 않는다.
영혼은 연꽃이 무수한 꽃잎으로 피어나듯이 스스로 열리리라.

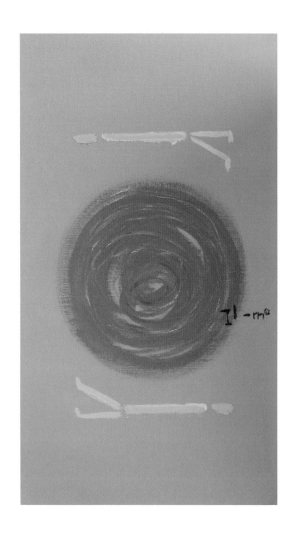

그리하여 누구나 신 앞에서는 혼자 힘으로 서 있을 수밖에 없으니
그대들 각자는 홀로 신을 배우고 홀로 세상의 일을 알아가야 하리라.

가르치는 것에 대하여

그러자 한 교사가 말했다.
"우리에게 가르치는 것에 대해 말씀해 주십시오."
그가 말했다.

어느 누구도 그대들을 가르칠 수 없다.
다만 깨달음의 새벽에 그대들이 이미 눈을 반쯤 뜨고 있다는 것을
알려줄 수는 있으리라.

제자들에게 둘러싸여 사원의 그늘을 거니는 스승도 그의 믿음과
사랑을 나누어 줄 수 있으나 자신의 지혜를 나누어 줄 수는 없는
법이니
그가 참으로 현명하다면 그는 자신이 지은 지혜의 집으로 그대들
에게 들어오라 강요하지 않을 것이라.
대신에 그는 그대들의 마음의 문으로 그대들을 인도하리라.
천문학자도 우주에 대해 이해한 것을 그대들에게 말해 줄 수 있으

나 그의 이해를 줄 수는 없으리라.

음악가도 온 우주에 있는 선율을 그대들에게 노래해 줄 수 있으나

그 선율을 듣는 귀나 울려 주는 목소리를 줄 수는 없으리라.

물리학자도 질량의 법칙을 말해 줄 수 있으나 그대들을 그곳으로

안내할 수는 없으리라.

한 사람의 통찰력은 다른 사람에게 그 날개를 빌려줄 수 없기 때문

이다.

그리하여 누구나 신 앞에서는 혼자 힘으로 서 있을 수밖에 없으니

그대들 각자는 홀로 신을 배우고 홀로 세상의 일을 알아가야 하

리라.

예
언
자

친구가 그의 마음을 이야기할 때 그대들의 생각으로 "아니다."라고 말하기를 두려워 말며,
"그렇다."고 하기를 주저하지 말라.
그가 말이 없을 때에도 그의 가슴이 하는 말을 듣기를 멈추지 말라.

우정에 대하여

그리고 한 젊은이가 말했다.

"우리에게 우정에 대해 말씀해 주십시오."

그가 대답하여 말하였다.

친구는 그대들의 필요를 채워 주니

친구는 그대들이 사랑으로 씨를 뿌려 감사로 추수하는 들녘이라.

또한 그대들의 식탁이며 따스한 난롯가이니

그대들은 배고플 때 그에게로 가고, 마음의 안식을 위해 그를 찾는다.

친구가 그의 마음을 이야기할 때 그대들의 생각으로 "아니다."라고 말하기를 두려워 말며, "그렇다."고 하기를 주저하지 말라.

그가 말이 없을 때에도 그의 가슴이 하는 말을 듣기를 멈추지 말라.

우정 안에서는 모든 생각, 모든 욕망, 모든 기대가 말없이 생겨나고 고요한 기쁨으로 나누어지리라.

친구와 이별할 때에도 슬퍼하지 말아야 하리니,

그대들의 사랑은 친구와 헤어져 있을 때 더 분명해질 것이기 때문이다.

마치 산을 좋아하는 이에게는 평지에서 산이 더 선명하게 보이는 것과 같다.

그리고 우정 안에 영혼의 깊이를 더하는 것 외에는 다른 목적을 갖지 말라.

자신의 신비를 보여 주는 것 외에 다른 무엇을 구함은 사랑이 아니니 그것은 다만 헛된 것들만 걸리는 그물을 던지는 일이리라.

그러니 친구를 위해 가장 좋은 것을 마련하라.

만일 그가 그대들의 기운이 약해지는 때를 알고 있다면 차고 넘치는 때도 알게 하라.

그대들이 공허한 시간을 때우려고 친구를 찾는다면 무엇이 친구를 위한 것인가?

언제나 차고 넘치는 활기찬 시간을 보내기 위해 친구를 찾으라.

친구는 그대들의 공허함이 아닌 필요를 채워 주기 때문이라.

그러므로 달콤한 우정 안에 웃음이 있게 하고 기쁨을 나누라.

가슴은 작은 이슬방울 속에서도 아침을 찾아내고 차고 넘치는 기운으로 새롭게 되기 때문이다.

—

그대들이 길가나 시장에서 친구를 만날 때에
그대들 안의 영혼이 그대들의 입술을 움직여 말하게 하고
그대들 내면의 목소리가 그의 내면의 귀에게 말하게 하라.

말에　대하여

그리고 나서 한 학자가 말했다.

"우리에게 말에 대해 말씀해 주십시오."

그가 대답하여 말했다.

그대들은 생각과 더 이상 평화로이 있지 못할 때에 말을 하게 된다.

그대들은 가슴의 고독 안에 더 이상 머물러 있을 수 없을 때 입술로 올라와 말하니 그 말소리는 기분 전환을 위한 도구일 뿐이다.

그리하여 그대들의 말이 많아지면 생각은 거의 반 죽어 버린다.

생각은 공중을 나는 새와 같아 말의 새장 안에선 그 날개를 펼 수는 있으나 날 수는 없기 때문이리라.

그대들 가운데 홀로 있는 것이 두려워 말 상대를 찾는 이들이 있으니 홀로 있는 침묵이 벌거벗은 자기를 눈앞에 드러나게 하기에 달아나고 싶은 것이라.

그대들 가운데 자기도 이해하지 못하는 진리를 아무렇게나 떠벌리는 이들도 있다.

그러나 그대들 가운데는 진리를 가졌으나 말로 하지 않는 이들도
있으니

그런 이들의 가슴 속에서 영혼은 침묵으로 노래하며 머물리라.

그대들이 길가나 시장에서 친구를 만날 때에

그대들 안의 영혼이 그대들의 입술을 움직여 말하게 하고

그대들 내면의 목소리가 그의 내면의 귀에게 말하게 하라.

그리하면 그 색이 잊히고 그 잔이 더 이상 있지 않을 때에도 포도
주의 맛은 기억되듯이

그의 영혼이 그대들의 가슴의 진실을 간직하리라.

―

그러나 그대들 안의 무한은 삶이 시작도 끝도 없다는 것을 알고 있다.
그리고 어제는 다만 오늘의 기억이며 내일은 오늘의 꿈인 것도 알고 있으리라.

시간에 대하여

그리고 한 천문학자가 말했다.
"스승이여, 시간이란 무엇입니까?"
그가 대답했다.

그대들은 감히 헤아릴 수 없는 무한한 시간을 재려하고 있다.
그대들은 시간과 계절에 따라 그대들의 행동을 맞추려 하고
심지어는 영혼이 가야 할 길의 방향마저 거기에 맞추어 돌리려
한다.
그것은 그대들이 시간을 강물로 여기고 그 기슭에 앉아 그 흘러감
을 보려 하는 것이라.

그러나 그대들 안의 무한은 삶이 시작도 끝도 없다는 것을 알고
있다.
그리고 어제는 다만 오늘의 기억이며 내일은 오늘의 꿈인 것도 알
고 있으리라.

또한 그대들 안에서 노래하고 생각하고 있는 그는 여전히 별이 창조되던 그 태초 안에 살고 있다.

그대들 가운데 누가 사랑하는 그의 힘이 무한함을 느끼지 못하는가?

또한 사랑이 무한하기는 하나 그의 존재의 중심에 둘러싸여 있음을 느끼지 못하는가?

그러니 사랑은 이 행위에서 저 행위로, 이 생각에서 저 생각으로 나누어질 수 없는 것이리라.

사랑이 그러한 것처럼 시간도 무한하며 나누어질 수 없지 않은가?

그러나 굳이 그대들의 생각 안에서 계절에 따라 시간을 재야만 하겠다면,

각각의 계절 안에 다른 모든 계절들이 있게 하라.

그리하여 오늘이 과거를 기억으로 품고, 미래를 기대로 품게 하여라.

악이란 다만 선이 굶주림과 갈증으로 괴로워하는 것 말고 무엇인가?
그대들의 선은 더 큰 자아를 향한 갈망 안에 있으니 그러한 갈망은 그대들 모두 안에 있다.

선과 악에 대하여

그리고 그 도시의 원로 가운데 한 사람이 말했다.

"우리에게 선과 악에 대해 말씀해 주십시오."

그가 대답했다.

나는 그대들 안에 있는 선에 대해 말할 수는 있으나 악에 대해서는

말할 수 없구나.

악이란 다만 선이 굶주림과 갈증으로 괴로워하는 것 말고 무엇

인가?

실로 선도 배고플 때면 어두운 동굴에서도 먹을 것을 찾고,

목이 마를 때면 썩은 물이라도 마신다.

그대들은 자신과 하나가 되어 있을 때 선하다.

그러나 그대들이 자신과 하나가 되지 못할 때라고 악한 것은 아

니니

제각각 갈라져 버린 집안이라고 해서 다 도둑의 소굴은 아닌 것처

럼 그대들도 다만 나누어져 있을 뿐이라.

그런 그대들은 방향키가 없는 배처럼 위험한 암초 사이로 길을 잃고 헤맬 수 있으나 그렇다고 가라앉지는 않으리라.

그대들은 자신을 내어 주려고 애쓸 때 선하다.

그러나 그대들이 자신만의 이익을 구한다고 악한 것은 아니라.

그대들이 이익을 위해 애쓸 때 그대들은 다만 대지에 매달려 양분을 얻는 뿌리와 같을 뿐이니

분명히 열매는 뿌리에게 "나처럼 무르익고 가득 차서 언제나 풍성함을 나누라."고 말할 수는 없을 것이라.

받는 것이 뿌리의 일이듯이 나누는 것은 열매의 일이기 때문이라.

그대들은 온전히 깨어서 말할 때 선하다.

그러나 그대들이 잠에 취해 목적 없이 떠들어 댈 때라고 악한 것은 아니니

예
언
자

심지어 더듬는 말이라도 약한 혀를 강하게 할 수 있으리라.

그대들은 목표를 향해 확고하고 힘찬 걸음으로 걸어갈 때 선하다.
그러나 그대들이 이리 저리 절름거리며 간다고 해도 악한 것은 아니라.
절름거린다고 꼭 뒤로 가는 것은 아니기 때문이다.
그러니 강하고 빠른 이들아, 보라.
그대들은 절름거리며 걷는 이들을 앞질러 똑바로 걸으면서 자신들만이 선하다고 생각하고 있지 않는가?

그대들은 헤아릴 수 없이 선하다.
그리고 그대들이 선하지 않을 때라고 악한 것이 아니니
그대들은 다만 빈둥거리고 게으를 뿐이라.
수사슴이 거북이에게 빨리 달리도록 가르칠 수 없음을 가엽게 여기라.

그대들의 선은 더 큰 자아를 향한 갈망 안에 있으니 그러한 갈망은 그대들 모두 안에 있다.

그러나 그대들 가운데 어떤 이들에게는 갈망이 바다로 달려가는 급류 같아서 언덕의 비밀과 숲의 노래를 안고 빠르게 흘러간다.

또 어떤 이들에게는 갈망이 바다에 이르기 전에 굽이굽이에서 자신을 잃어버리고 우물쭈물 떠나지 못하는 약한 물줄기라.

하지만 많이 갈망하는 이가 적게 갈망하는 이에게 "왜 이리 느리고 멈칫 거리냐?"고 말하지 못하게 하라.

참으로 선한 사람은 벌거벗은 이에게 "그대의 옷은 어디에 있는가?"라고 묻거나

집 없는 이에게 "그대들의 집에 무슨 일이 있느냐?"고 묻지 않기 때문이다.

예
언
자

기도란 생명의 기운 속으로 그대들을 확장시키는 것이 아니고 무엇인가?
그리고 기도가 그대들의 평안을 위해 어둠을 토해 내는 것이라면.
또한 기도는 그대들의 기쁨을 위해 가슴의 새벽을 노래하는 것이리라.

기도에 대하여

그러자 한 여사제가 말했다.

"우리에게 기도에 대해 말씀해 주십시오."

그가 대답하여 말했다.

그대들은 고통 중에 바라는 것이 있을 때만 기도한다.

그러나 기쁨이 가득하고 풍성한 날에도 기도하는 것은 어떨까?

기도란 생명의 기운 속으로 그대들을 확장시키는 것이 아니고 무엇인가?

그리고 기도가 그대들의 평안을 위해 어둠을 토해 내는 것이라면, 또한 기도는 그대들의 기쁨을 위해 가슴의 새벽을 노래하는 것이리라.

만일 그대들의 영혼이 기도하게 할 때 그대들이 울 수밖에 없다면, 그 영혼은 그대들을 격려하고 격려해서 그 울음을 통해 마침내 웃음에 이르게 하리라.

그대들은 기도할 때 바로 그 시간에 함께 기도하고 있는 이들을 바람 가운데 만나리니 그들은 기도 속에만 만날 수 있는 이들이다.

그러므로 그 보이지 않는 사원으로의 방문을 무아의 기쁨과 달콤한 영적 사귐이 되게 하라.

만일 그대들이 무언가 다른 목적을 위해 그 사원에 들어가려 한다면 아무것도 받지 못하리라.

또한 그대들이 스스로 낮추기 위해 그곳에 들어가려 한다 해도 그것을 얻지 못하리라.

심지어 그대들이 다른 사람들의 복을 빌기 위해 들어가려 한다 하여도 그 기도는 응답되지 않으리라.

그대들이 보이지 않는 사원에 들어가는 것 자체로 이미 충분하다.

나는 그대들에게 어떻게 말로 기도할지를 가르칠 수가 없으니

신은 그대들의 입술을 통해 스스로 말씀하실 뿐 그대들의 말을 듣지 않으시리라.

나는 바다와 숲과 산의 기도를 그대들에게 가르칠 수 없으나

산과 숲과 바다에서 태어난 그대들은 가슴 안에서 그들의 기도를 찾을 수 있으리라.

만일 그대들이 밤의 고요에 귀를 기울이기만 한다면 침묵 속에서 그들이 이렇게 말하는 것을 들을 수 있으리라.

"우리의 신이여, 우리의 숭고한 자아여, 우리가 뜻하는 것은 우리 안에 계신 당신의 뜻입니다."

"우리가 욕망하는 것은 우리 안에 계신 당신의 욕망입니다."

"당신의 것인 우리의 밤을 역시 당신의 것인 낮으로 변하게 하는 힘도 우리 안에 계신 당신의 힘입니다."

"당신은 우리에게 무엇이 필요한지 그것이 나타나기도 전에 이미 알고 계시므로 우리는 당신에게 아무것도 요청할 수 없습니다."

"우리는 당신이 필요하니 모든 것을 주시는 당신 자신을 우리에게 주소서."

즐거움이란 자유의 노래이나 자유는 아니다.
즐거움이란 그대들의 욕망이 꽃을 피운 것이나 그 열매는 아니다.
나는 기꺼이 그대들이 충만한 가슴으로 그 노래를 부르게 하리라.

즐거움에   대하여

일 년에 한 번 도시를 방문하는 은자가 앞으로 나와서 말했다.
"우리에게 즐거움에 대해 말씀해 주십시오."
그가 대답하여 말하였다.

즐거움이란 자유의 노래이나 자유는 아니다.
즐거움이란 그대들의 욕망이 꽃을 피운 것이나 그 열매는 아니다.
즐거움은 높은 곳을 향하는 깊은 곳의 외침이나 또한 깊음이나 높
음은 아니다.
즐거움은 날개를 가지고도 새장에 갇혀 있으나 사방이 막혀 있지
는 않다.
아, 진실로 즐거움은 자유의 노래이니
나는 기꺼이 그대들이 충만한 가슴으로 그 노래를 부르게 하리라.
그러나 나는 그대들이 노래를 부르다가 그대들의 중심을 잃게는
하지 않으리라.

그대들 젊은이들 가운데 어떤 이들은 즐거움이 전부인 듯이 찾아
다니다가 판단을 받고 비난을 받으나
나는 그들을 판단하거나 비난하지 않는다.
나는 그들에게 즐거움을 찾게 하리라.
그들이 즐거움을 찾게 될 때 거기에는 즐거움만 있지 않으니
즐거움의 자매들은 일곱인데, 그중에 어느 하나 즐거움보다 아름
답지 않은 자매가 없다.
뿌리를 캐다가 땅 속에서 보물을 발견한 사람의 이야기를 듣지 못
했는가?

그대들 노인들 가운데 어떤 이들은 술에 취해 저지른 잘못처럼 후
회하며 즐거움을 추억한다.
그러나 후회는 마음의 형벌이 아니라 마음에 구름이 드리운 것
뿐이라.
그들은 여름날에 추수하는 것처럼 감사하는 마음으로 즐거움을 기

억해야만 하리라.

하지만 후회를 통해 위로를 받는다면 위로받게 하여라.

그리고 그대들 가운데는 즐거움을 찾을 만큼 젊지 않거나 추억할 만큼 늦지 않은 이들도 있다.

그들은 찾고 추억하는 것을 두려워하여 모든 즐거움을 피한다.

즐거움으로 인해 영혼을 돌보지 않게 되거나 영혼을 해치고 싶지 않아서이리라.

그러나 심지어 그런 이들도 즐거움을 마주치게 되리니

그들이 떨리는 손으로 뿌리를 캐더라도 역시나 보물을 발견하게 되리라.

그러니 누가 영혼에 상처를 입힐 수 있는지 나에게 말해다오.

밤에 우는 새가 밤의 고요를 깨뜨리고, 반딧불이 한 마리가 별들을 해칠 수 있는가?

그대들의 불꽃이나 연기가 부는 바람을 막을 수 있는가?

그대들은 영혼이 막대기 하나로 휘저을 수 있는 고요한 연못에 불과하다고 생각하는가?

때때로 그대들은 스스로 즐거움을 거부하면서도 그대들 존재의 깊은 곳에 그 욕망을 숨겨둔다.
하지만 오늘은 아닌 것처럼 보이지만 속으로는 내일을 기다리고 있을지 누가 알랴?
그대들의 몸은 물려받은 유산과 그것의 정당한 요구를 알고 있으니 결코 속지 아니하리라.
그대들의 몸은 그대들의 영혼의 악기이니 달콤한 음악을 연주하든 어지러운 소리를 내든 그대들에게 달려 있다.

또한 지금 그대들은 가슴으로 "즐거움 속에서 어느 것이 좋고 어느 것이 나쁜지 어떻게 구별할 수 있을까?"라고 묻는다.
그대들의 들판과 정원으로 가 보라.

그러면 그대들은 꽃으로부터 꿀을 모으는 것이 벌의 즐거움이라는 것을 알게 될 것이고 벌에게 꿀을 주는 것 또한 꽃의 즐거움임도 알게 되리라.

벌에게 꽃은 생명의 샘이고 꽃에게 벌은 사랑의 심부름꾼이라.

그러니 꽃과 벌 모두에게 즐거움을 주고받는 것은 필요한 일이며 황홀한 기쁨이다.

올팔레즈 사람들아,

꽃과 벌과 같은 즐거움 안에 있으라.

아름다움은 그대들이 보았던 모습이나 들었던 노래가 아니라
눈을 감아도 보이는 모습이며 귀를 막아도 들리는 노래이다.
영원히 꽃 피는 정원이고 항상 날아다니는 천사들이라.

아름다움에 대하여

그리고 한 시인이 말했다.

"우리에게 아름다움에 대해 말씀해 주십시오."

그가 대답했다.

아름다움이 그대들의 길이고 안내자인데 그대들이 어디에서 아름다움을 찾고 어떻게 발견할 수 있을까?

그리고 아름다움이 그대들의 말을 엮어내고 있는데 어떻게 아름다움에 대해서 말할 수 있을까?

고통 받고 상처 입은 이들은 말한다.

"아름다움은 친절하고 온화하여 젊은 엄마처럼 자신이 누리는 축복을 수줍어하며 우리 가운데 거닐고 있다."

열정적인 이들은 말한다.

"아니다. 아름다움은 강하고 두려운 것이어서 마치 사나운 비바람처럼 우리 발아래 대지와 우리 머리 위 하늘을 흔든다."

지치고 피곤한 이들은 말한다.

"아름다움은 부드러운 속삭임으로 우리 영혼 안에서 말하고 그 목소리는 그림자로 인해 두려움에 떠는 희미한 빛처럼 우리를 고요하게 한다."

그러나 불안한 이들은 말한다.

"우리는 산 속에서 아름다움의 고함소리와 그와 함께 오는 말굽소리와 날개 치는 소리와 사자의 울음도 들었다."

밤에 일하는 도시의 야경꾼들은 말한다.

"아름다움은 동쪽으로부터 여명과 함께 떠오른다."

그리고 낮에 일하는 노동자들과 여행자들은 말한다.

"우리는 석양이 지는 창가에서 아름다움이 대지에 비스듬히 기대고 있는 것을 보았다."

겨울에 눈 속에 갇힌 이들은 말한다.

"아름다움은 봄과 함께 와서 저 언덕 위로 뛰어오른다."

예
언
자

그리고 여름의 열기 아래서 곡식을 거두는 이들은 말한다.

"우리는 아름다움이 가을 낙엽과 함께 춤추는 것을 보았고 그 머릿결 사이로 눈발이 휘날리는 것을 보았다."

이런 모든 것들은 그대들이 아름다움에 대해 말해 온 것이니

실로 그대들이 말한 것은 아름다움이 아니라 다만 이루지 못한 욕구에 대해서라.

그러나 아름다움은 욕구가 아니라 황홀한 기쁨이리라.

아름다움은 목마름에 타는 입술이나 구걸하려 내민 손이 아니라

오히려 불타는 가슴이고 매혹케 하는 영혼이다.

아름다움은 그대들이 보았던 모습이나 들었던 노래가 아니라

눈을 감아도 보이는 모습이며 귀를 막아도 들리는 노래이다.

아름다움은 주름진 나무껍질 안의 수액이나 사람의 팔에 붙은 쓸모없는 날개가 아니라

영원히 꽃 피는 정원이고 항상 날아다니는 천사들이라.

올팔레즈 사람들아,

아름다움은 삶이 가면을 벗고 거룩한 얼굴을 드러낸 것이라.

그러나 그대들이 삶이며 가면이다.

아름다움은 거울 속에 있는 자신을 바라보고 있는 영원이라.

그러나 그대들이 그 영원이고 거울이다.

예
언
자

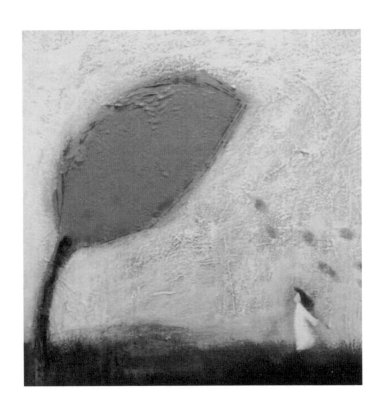

—

그대들 매일의 삶이 그대들의 사원이고 종교이니
그대들은 매일의 삶으로 들어갈 때마다 그대들의 전부를 가지고 가라.

종교에   대하여

그리고 한 늙은 사제가 말하였다.

"우리에게 종교에 대해 말씀해 주십시오."

그가 말했다.

내가 오늘 종교 말고 무엇을 말했던가?

종교는 일체의 모든 행동과 생각이지 않은가?

심지어 손으로 돌을 자르고 베틀을 손질하는 동안에도 영혼 속에서 솟아나는 놀라움과 탄성이 있다면 그것도 종교이지 않은가?

누가 그의 행동으로부터 믿음을 나누고, 일로부터 신념을 나눌 수 있겠는가?

누가 자기 앞에 자신의 시간을 펼쳐 놓고 말하기를 "이것은 신을 위한 것이고, 이것은 나 자신을 위한 것이고, 이것은 나의 영혼을 위한 것이고, 이것은 내 몸을 위한 것이다."라고 말할 수 있을 것인가?

그대들의 모든 시간은 우주를 지나서 자아에서 자아로 날아오르는 날개라.

도덕을 단지 자신의 제일 좋은 옷처럼 입고 있는 자는 차라리 벌거 벗는 것이 나으리니
바람과 햇살이 그에게는 닿을 수 없으리라.
그리고 윤리의 잣대로 자신의 행동을 재려 하는 사람은 노래하는 새를 새장에 가두는 것이니
가장 자유로운 노래는 창살과 철망에서는 나오지 않으리라.
잠깐 열리지만 또 닫혀 버리는 창문처럼 예배하는 이는 새벽에서 새벽까지 창문이 열려진 자신의 영혼의 집에 아직 이르지 못했으 리라.

그대들 매일의 삶이 그대들의 사원이고 종교이니
그대들은 매일의 삶으로 들어갈 때마다 그대들의 전부를 가지고 가라.
필요해서 만든 것들이든지 즐거움을 위해 만든 것들이든지, 쟁기 와 풀무와 망치와 악기를 모두 다 가지고 갈 것이니

예
언
자

아무리 상상하더라도 그대들은 그대들이 이룬 것 위로 오르거나 실패한 것보다 아래로 내려갈 수 없기 때문이라.

그리고 모든 사람들과 함께하라.

아무리 치켜세워 준다 하여도 그대들은 그들의 희망보다 높이 날거나 그들의 절망보다 낮아질 수 없기 때문이다.

그리고 그대들이 신을 알고자 한다면 문제를 풀려고 하지 말지니 차라리 그대들의 주위를 돌아보라.

그러면 그대들은 그대들의 아이들과 함께 놀고 있는 신을 볼 수 있으리라.

또한 하늘을 보라.

그러면 그대들은 신이 구름 속을 거니시다 번개로 팔을 펴시고 비가 되어 내려오시는 모습을 볼 수 있을 것이다.

그대들은 신이 꽃 속에 미소 지으시다 일어나 나무 사이에서 손을 흔들고 계심을 보리라.

숨이 그친다는 것은 단지 쉼 없이 흐르던 물결에서 자유롭게 되어
아무 방해도 없이 위아래와 사방으로 신을 찾아 나서는 것이 아니고 무엇이랴?

죽음에 대하여

그러자 이번에는 알미트라가 말했다.

"이제 죽음에 대해 묻고 싶습니다."

그가 말했다.

그대들은 죽음의 비밀을 알고 싶어 하는구나.

그러나 그대들이 삶의 한가운데서 죽음을 찾지 않는 한 어떻게 죽음을 만날 수 있겠는가?

밤에만 보는 눈을 가진 올빼미는 낮에는 눈이 멀어 빛의 신비를 볼수 없으니

만일 그대들이 참으로 죽음의 신비를 보고자 한다면 삶 전체를 향하여 그대들의 가슴을 활짝 열라.

강과 바다가 하나이듯이 삶과 죽음은 다르지 않기 때문이다.

그대들의 희망과 욕망이 자리한 깊은 곳에 고요한 미지의 세계가 놓여 있으니,

그대들의 가슴은 겨울 눈 속에서도 꿈을 꾸는 씨앗들처럼 봄을 꿈꾼다.

그 꿈을 믿으라.

그 꿈 안에 영원으로 가는 문이 숨겨져 있기 때문이라.

그대들의 죽음에 대한 두려움은 왕의 부름을 받아 왕의 영광스러운 손길을 기다리는 양치기의 떨림 같으니

왕의 인정을 받은 양치기는 떨면서도 기쁘지 않겠는가?

그러니 그의 떨림에 더욱 마음을 주지 않겠는가?

죽음이란 단지 바람 안에 벌거벗고 서서 태양 속으로 녹아들어 가는 것이 아니고 무엇이랴?

숨이 그친다는 것은 단지 쉼 없이 흐르던 물결에서 자유롭게 되어 아무 방해도 없이 위아래와 사방으로 신을 찾아 나서는 것이 아니고 무엇이랴?

오직 그대들이 침묵의 강물을 마실 때 그대들은 참으로 노래하게

되리라.

또한 그대들이 산의 정상에 이르렀을 때 비로소 오르기 시작하리라.

그리하여 그대들의 손발이 대지로 돌아가게 될 때 그대들은 진실로 춤을 추게 되리라.

이별의 날이 지나간다.
연꽃이 내일을 위해 봉오리를 다물듯이 이 날도 우리 위로 저물고 있으니
우리는 여기서 우리에게 주어진 것들을 간직하리라.

고별에 대하여

바야흐로 저녁이 되었다.

그러자 여예언자 알미트라는 말했다.

"오늘과 이 자리에, 그리고 말씀해 주신 당신의 영혼에게 축복이
있으라."

그러자 그가 대답했다.

말한 사람이 나였는가?

나 또한 그대들과 함께 듣는 이가 아니었던가?

그리고 그가 사원의 계단을 내려가자 모든 사람들이 그를 따라
갔다.

그는 그의 배에 이르러 갑판 위에 올라섰다.

그리고는 다시 사람들을 향해 목소리를 높여 말하였다.

올팔레즈 사람들아,

바람이 그대들을 떠나라고 나를 부른다.

나는 바람보다 급하지는 않지만 그래도 이제 가야만 한다.

늘 더 고독한 길을 찾는 우리 방랑자들은 하루를 마친 곳에서 새로운 날을 시작하지 않으니

떠오르는 아침 해는 저녁 해가 진 곳에서 우리를 찾지 못하리라.

심지어 대지가 잠들어 있는 동안에도 우리는 길을 떠나 여행한다.

우리는 생명력이 강한 씨앗들이니 무르익고 가슴이 충만해지면 바람에 몸을 맡겨 흩어지리라.

그대들과 함께한 나의 날들이 짧았고, 내가 한 말들은 더욱 더 짧았구나.

그러나 나의 목소리가 그대들의 귀에서 희미해지고 나의 사랑이 그대들의 기억에서 사라져 가게 되면 내 다시 오리라.

그리고 더 풍요로운 가슴과 영혼을 더욱 따르는 입술로 나는 말하리라.

그래.

나는 물결을 타고 돌아오리라.

비록 죽음이 나를 가리고 더 큰 침묵이 나를 두르더라도

나는 그대들을 깨우려고 다시 애를 쓰리니 그것이 헛되지 않으리라.

내가 한 말이 진리라면

그 진리는 보다 분명한 목소리와 그대들의 생각에 가까운 말로 자기를 보여 주리라.

올팔레즈 사람들아,

나는 바람과 함께 가나 헛된 곳으로 떨어지는 것은 아니라.

만일 오늘 그대들의 필요와 나의 사랑이 채워지지 않았다면 또 다른 날을 기약하자.

사람의 필요는 변하나 사랑과 열망은 변하지 않으니 사랑이 필요를 채워 주리라.

그러므로 내가 더 큰 침묵으로부터 돌아오리라는 것을 잊지 말라.

안개는 새벽에 바람을 따라 떠돌다가 들판에 이슬만을 남기지만 마침내 위로 올라가 구름으로 모여 비가 되어 내려오니
나도 그 안개와 다르지 않으리라.
밤의 고요 속에서 나는 그대들의 거리를 거닐다가 나의 영혼은 그대들의 집으로 들어갔으니
그대들의 심장은 내 심장 안에서 박동했고 그대들의 숨결은 내 얼굴을 감돌아 나는 그대들의 모든 것을 알았다.
그래,
나는 그대들의 기쁨과 고통을 알았고 그대들이 잠들어 꾸는 꿈도 나의 꿈이었다.

그리고 때로 나는 산 속에 있는 호수처럼 그대들 가운데 있었으니
나는 그대들 안에 있는 산꼭대기와 구부러진 비탈길을, 그리고 심지어는 몰려다니는 그대들의 열망과 생각까지도 비추었다.
그리고 나의 고요함 안으로 그대들의 아이들의 웃음이 시냇물로

흘러들었고 그대들의 젊은이들의 갈망도 강물로 잦아드니

그 시냇물과 강물은 내 안 깊은 곳에 다다랐을 때도 노래하기를 멈추지 않았다.

그러나 그 웃음보다 달콤하고 그 갈망보다 위대한 것이 나에게로 왔으니

그것은 그대들 안에 있는 무한함이라.

그 무한한 이 안에서 그대들은 단지 세포와 힘줄에 불과하며

그의 소리 안에서 그대들의 모든 노래는 조용한 두근거림에 지나지 않는다.

그 무한한 이 안에 있는 그대들 역시 무한하니

그래서 나는 그를 바라봄으로 그대들을 바라보았고 사랑했다.

이 광대한 하늘 아래 사랑이 가 닿을 수 없는 어떤 먼 곳에 있을까?

어떤 환상이나 어떤 기대나 어떤 추측이 사랑보다 더 높이 날아오를 수 있을까?

사과꽃으로 둘러싸인 큰 참나무처럼 그 무한한 이는 그대들 안에 있으니

그의 힘이 그대들을 땅에 뿌리 내리게 하고, 그의 향기가 그대들을 하늘로 들어올리고, 그의 질긴 생명력으로 그대들은 죽지 않으리라.

그대들은 그대들이 쇠사슬이라 하여도 가장 약한 고리처럼 약하다는 말을 들어왔다.

그러나 이는 반쪽의 진리니 그대들은 또한 쇠사슬의 가장 강한 고리처럼 강하다.

그대들의 가장 사소한 행위로 그대들을 재려고 하는 것은 물거품으로 바다의 힘을 헤아리려고 하는 것이니

그대들의 실패로 그대들을 판단하려는 것은 끊임없이 변화한다고 계절을 비난하는 것과 같으리라.

아, 그대들은 바다와 같아라.

좌초한 배가 그대들의 해안에서 밀물을 기다린다 해도 그 바다처럼 그대들 역시 밀물을 재촉할 수 없다.

또한 그대들은 계절들과 같으니

그대들이 겨울 속에서 봄이 오는 것을 인정하지 않더라도 봄은 그대들 안에서 쉬고 있으면서 나른한 미소를 지으며 화를 내지 않으리라.

내가 이런 것들을 말하는 것은 그대들이 "그는 우리를 좋게 여기고 우리에게서 좋은 것만 보신다."고 서로에게 말하게 하기 위해서라 생각하지 말라.

나는 다만 그대들이 생각으로 알고 있는 것들을 말로 한 것뿐이니

말로 전하는 깨달음이란 단지 말 없는 깨달음의 그림자일 뿐이지 않은가?

그대들의 생각과 나의 말들은 숨겨진 기억으로부터 나온 물결이니

거기에는 우리들의 지난날이 있고,

대지가 우리뿐 아니라 스스로도 몰랐던 오래된 그 옛날의 낮들과 혼돈으로 어지러웠던 밤들이 감추어져 있다.

지혜로운 자들은 그대들에게 지혜를 주기 위해 왔으나
나는 그대들의 지혜를 빼앗기 위해 왔다.
그런데 내가 찾은 지혜보다 더 위대한 것을 보라.
그것은 그대들 안에 점점 모여들어 타오르는 영혼의 불꽃이라.
하지만 그대들은 타오르는 불꽃을 지피는 데는 관심이 없고 그대들의 날들이 시들어 가는 것만 보고 슬퍼하고 있다.
이는 생명이 죽음을 두려워하는 육체 속에서 자기를 찾는 것이라.
그러나 여기에는 죽음은 없다.
이 산과 들은 인생의 시작이며 디딤돌이니
그대들의 조상들이 누운 이 들판을 지날 때마다 잘 살펴보라.
그러면 그대들과 그대들의 아이들이 손을 잡고 춤추는 것을 보리라.

예언자

참으로 그대들은 종종 알지 못하면서도 즐거워할 수 있다.

또 다른 이들은 그대들의 믿음에 황금빛 약속을 하며 왔고 그대들은 그들에게 부와 권력과 영광만을 주었다.

나는 그들에 비해 보잘 것 없는 약속을 주었으나 그대들은 나에게 더욱 관대하였으니

그대들이 나에게 준 것은 삶을 향한 깊은 갈망이었다.

사람에게는 모든 목표를 애타는 갈망으로 바꾸고 자신의 삶 전체를 샘으로 만드는 것보다 더 큰 선물은 없으리라.

여기에 나의 영광과 보상이 있다.

내가 그 샘에 마시러 올 때마다 그 샘물도 목말라 하고 있음을 보았으니

내가 샘물을 마시는 동안 그 샘물도 나를 마셨던 것이라.

그대들 가운데 어떤 이는 내가 오만하고 선물을 받기에 너무 수줍

다고 여겼다.

하지만 사실은 나는 어떤 대가를 받을 때는 어색해하지만 선물은 그렇지 않다.

나는 비록 그대들이 식탁으로 불러 주었을 때 산에서 산딸기를 따 먹었고,

그대들이 내게 잠자리를 마련해 주었을 때 사원의 문간에서 잠을 자기는 하였다.

그러나 나의 하루에 대한 그대들의 다정한 염려가 나의 입으로 들어가는 음식을 달콤하게 하고 나의 잠자리를 편안하게 하지 않았던가?

이러므로 나는 그대들을 한없이 축복하노라.

그대들은 많이 베풀면서도 무엇을 베풀었는지 전혀 알지 못하니

진실로 거울에 자신만을 비추어 보며 행하는 친절은 쓸모없는 것이고

자기 스스로를 그럴듯한 이름으로 불리게 하는 선행은 재앙의 어

머니가 될 뿐이라.

또 그대들 가운데 어떤 이는 나를 스스로의 고독에 취해 있는 초연한 사람이라고 부르며,
"그는 산꼭대기에 홀로 앉아 도시를 관망하며 숲의 나무들과는 대화를 해도 사람들과는 대화하지 않는 사람이다."라고 한다.
내가 언덕에 오르고 멀리 떨어진 곳을 거닐었던 것은 사실이다.
하지만 내가 그렇게 높이, 그렇게 멀리 다니지 않았다면 어떻게 그대들을 볼 수 있었겠는가?
어떻게 사람이 멀리 떨어져 있어 보지 않고 진실로 가까이 있을 수 있겠는가?

그리고 그대들 가운데 다른 이들은 예고 없이 나에게로 와서 이렇게 말했다.
"닿을 수 없이 높은 곳을 사랑하는 낯선 이여, 왜 그대는 독수리들

이 둥지를 트는 산꼭대기에 머무는가?

왜 얻을 수 없는 것을 구하는가?

바람을 그대의 그물 속에 가두려 하고 환상의 새를 하늘에서 잡으려 하는가?

와서 우리 가운데 하나가 되라.

내려와 우리의 빵으로 그대의 배고픔을 달래고 우리의 포도주로 그대의 목마름을 풀자."

그들은 영혼의 고독 가운데 이렇게 말하였다.

그러나 그들의 고독이 조금만 더 깊었으면

나는 그대들의 기쁨과 고통의 비밀을 찾고 있었고

오로지 하늘을 거닐고 있는 그대들의 더 큰 자아를 쫓아다니고 있었음을 알았을 것이라.

그러나 쫓아가는 자는 쫓기는 자이기도 하였다.

나의 활시위를 떠난 수많은 나의 화살들이 오로지 나의 가슴을 찾아왔기 때문이라.

그리고 하늘을 나는 자는 땅을 기는 자이기도 하였다.

나의 날개가 태양 아래 펼쳐졌을 때 대지에 드리워진 그림자는 거북이였기 때문이다.

그리고 나는 믿는 자이며 또한 의심하는 자이기도 하였다.

종종 그대들을 더 많이 믿고 더 잘 이해하기 위해 나의 상처에 손가락을 넣어야 했기 때문이다.

그리고 나는 이러한 믿음과 깨달음으로 말하노니

그대들은 육체 안에 갇히지도 집이나 일터에 묶이지도 아니한다.

진실로 그대들은 그 산 위에 거하고 바람과 함께 거닐고 있으니

그대들은 따뜻함을 찾아 햇볕 속으로 기어들지도 안전한 곳을 찾아 어둠 속에 구멍을 파지도 아니한다.

다만 그대들은 자유로이 대지를 감싸고 하늘을 누비는 하나의 영

혼이라.

만일 이것이 모호한 말이라도 그것들을 분명히 하려고 찾지 말지니
모호하고 흐릿한 것들은 만물의 끝이 아니라 시작이다.
그러니 그대들은 나를 하나의 시작으로 기억하라.
삶은, 그리고 살아 있는 모든 것은 맑고 투명한 수정 속에서가 아
니라
뿌연 안개 속에서 잉태되는 것이니
수정이 부서져서 안개가 된 것임을 누가 알랴?

나는 그대들이 나를 기억할 때 이것을 떠올리게 하고 싶으니
그대들 안에 가장 약하고 혼돈스러워 보이는 것이 가장 강하고 확
실한 것이라.
그대들의 뼈대를 일으켜 세우고 단단하게 하는 것은 그대들의 숨
이 아닌가?

예
언
자

그리고 그대들의 도시를 세우고 그 안에 있는 모든 것을 만들어낸 것은 그대들 가운데 누구도 기억하지 못하는 그 꿈이 아닌가?

그대들이 그 숨이 드나드는 것을 볼 수 있다면 다른 모든 것들 보기를 멈출 것이고

그대들이 그 꿈의 속삭임을 들을 수 있다면 다른 모든 소리를 들으려 하지 않을 것이라.

그러나 지금 그것을 보지도 듣지도 못하니 그것은 당연하다.

그대들의 눈을 가리고 있는 수건은 그것을 만든 손이 벗겨 내리라.

그리고 그대들의 귀에 가득 차 있는 진흙은 그것을 반죽한 손가락이 파내 주리니

그러면 보게 되고 듣게 되리라.

아직은 눈먼 것을 알았다고 탄식하거나 귀먹었다고 낙담하지 말라.

그날이 오면 그 모든 일들 속에 숨겨진 이유를 알게 되리니

그대들은 빛을 축복하듯이 어둠도 축복하게 되리라.

이렇게 말한 후에 그는 그의 주위를 둘러보았고

이제 배의 선장이 방향키 옆에 서서 바람이 가득한 돛과 또 멀리

바라보고 있는 것을 보았다.

그리고 말하였다.

내 배의 선장이 많이도 참았구나.

바람은 불고 돛은 쉬지 않고 펄럭이며 방향키도 지시를 기다리고

있는데

그럼에도 나의 선장은 아무 말 없이 내가 말을 멈추기만을 기다려

왔다.

그리고 더 큰 바다의 합창 소리를 들어온 나의 선원들 역시 참을성

있게 나의 말을 들어주었다.

이제 그들은 더 이상 기다리지 못하리니

나도 준비가 되었다.

강물이 바다에 닿았으니 이제 위대한 어머니가 그녀의 아들을 한

번 더 자신의 가슴에 품을 것이라.

예
언
자

올팔레즈 사람들아, 잘 있으라.

이별의 날이 지나간다.

연꽃이 내일을 위해 봉오리를 다물듯이 이 날도 우리 위로 저물고 있으니

우리는 여기서 우리에게 주어진 것들을 간직하리라.

만일 이것으로 충분하지 않다면

우리는 다시 함께 와 주시는 이를 향해 우리의 손을 내밀어야 하리라.

내가 그대들에게 돌아오리라는 것을 잊지 말라.

잠시 후에 나의 갈망이 또 다른 몸을 위해 먼지와 거품을 모을 것이고,

잠시 후에 바람결에 한숨을 돌리고 나면 또 다른 여인이 나를 낳으리라.

그대들과 또 그대들과 함께 보낸 내 청춘아, 잘 있으라.

우리가 꿈속에서 만난 것도 다만 어제의 일이라.

그대들은 내가 홀로 있음에 노래를 불러주었고 나는 그대들의 염원으로 하늘에 탑을 세웠다.

그러나 지금은 우리가 잠에서 깨었고 우리의 꿈은 끝이 났으니 이제는 더 이상 새벽이 아니라.

한낮이 되어 우리의 선잠도 완전히 달아났으니 우리는 떠나야만 한다.

만일 우리가 황혼 녘에 한 번 더 만날 수 있다면 우리는 다시 함께 이야기를 나누리니

그대들은 나에게 더 깊어진 노래를 불러 주리라.

그리고 혹여 우리의 손이 또 다른 꿈속에서 서로 맞잡는다면 우리는 하늘에 또 다른 탑을 세우게 되리라.

그렇게 말하고 그는 선원들에게 신호를 보내니

그들이 바로 닻을 올리고 밧줄을 풀어 동쪽으로 떠났다.

예
언
자

그때 울음소리가 한 사람의 가슴에서 나오는 것처럼 사람들에게서 터져 나왔고

그 울음소리는 황혼 속으로 올라가 큰 나팔 소리처럼 바다 위로 울려 퍼졌다.

오직 알미트라만이 가만히 서서 그 배가 안개 속으로 사라질 때까지 바라보았다.

그리고 모든 사람들이 흩어졌을 때에도 그녀는 여전히 홀로 방파제 위에서 그의 말을 가슴속에 새기면서 서 있었다.

잠시 후에 바람결에 한숨을 돌리고 나면 또 다른 여인이 나를 낳으리라.

내가 칼릴 지브란의《예언자》를 처음 만난 것은 신학교 시절입니다. 함석헌 번역의 표지가 까만색인《예언자》, 한 장 한 장 넘길 때마다 감동이었고 참 충격이었습니다. 설레던 가슴이 지금도 내 안에 살아 있습니다. 표지가 검정색인 것도 새로움이었습니다. 지브란 자신이 새까만 색의 흙을 좋아해서 자기가 내는 책도 새까만 색이라고 했다고 합니다.

《예언자》보다 먼저 만난 지브란의 책은《사람의 아들 예수》였습니다. '아! 이렇게도 예수를 볼 수 있구나' 하는 발견, 놀라움, 통찰. 성경을 고정해서 한 눈으로만 보던 나를 흔들어 놓았던 책이《사람의 아들 예수》였습니다. 이렇게 만남이 시작된 칼릴 지브란, 80년대 초에 만난 검정색 표지의《예언자》는 삶의 예술이란 내 삶의 주제와 맞아 20여 편을 골라서 강의를 했던 적도 있었습니다.《예언자》는 30대에는 내 손안에 늘 들고 다녔고 지금도 손이 닿는 가까이에 꽂혀 있습니다.

어느 시인은 자기를 만든 것의 팔 할이 사람이었다고 합니다. 나를 만든 것이 그럼 무엇일까를 헤아려 봅니다. 그것은 책과 집단, 책은 나를 호

기심과 상상과 내면으로 여행을 부추겼고 집단은 책에서 읽은 삶을 아주 구체적으로 만나는 삶의 작업이었습니다.

내가 인도하는 이런 집단훈련에서 만난 사람이 바로 지금 이 책을 번역한 오동성 목사입니다. 《예언자》의 칼릴 지브란의 모습은 쓸쓸함, 고뇌, 외로움입니다. 하기야 사람이 외로움을 알 때 비로소 사람 냄새가 나는 것이 아닐런지요. 80년대의 역사와 현실 참여라는 고민 속에서 그는 깊은 외로움을 만납니다. 바깥을 향한 외침의 끝자리에서 결국은 내면의 소리를 듣고 신학을 하고 목사가 됩니다. 그런 중에 우리는 만났습니다. 참 맑고 깊은 맛을 풍기면서 내게 다가온 그는 오늘까지 한 번도 변함이 없이 그렇게 있습니다. 없는 듯이 나와 함께하고 있습니다.

평양에 가서 삶의 예술을 안내하는 목자가 되고 싶다는 꿈을 갖고 캐나다로 간 오동성 목사, 거기서 그는 그의 생애 동반자이자 반쪽인 아내 최지숙 목사를 백혈병과 함께 먼저 하늘에 보냅니다(유고집 《지금 여기, 그리고 당신과 함께》). 그러면서 그의 고독과 외로움은 더 깊어만

갑니다. 그런 중에 만난 것이 칼릴 지브란의 《예언자》입니다. 어느 날 편지가 왔습니다. 《예언자》를 번역하고 있는데 책으로 내고 싶은 욕망이 일어난다고요. 아주 좋겠다고 나는 응답을 했습니다. 왜냐하면 나는 그 둘이 많이 닮았다는 느낌이 들었기 때문입니다. 내향적인 것이나 소박한 것이나 진실된 것이나 칼릴 지브란과 오동성은 참 둘이 많이 닮아 있습니다. 정의의 신상이 아닌 아름다움의 신상을 세우고 싶었던 칼릴 지브란의 꿈이 바로 오동성 목사의 꿈이기에 더욱 그렇습니다.

오동성 목사를 통해서 새롭게 만나게 된 칼릴 지브란의 《예언자》, 한 편 한 편이 나를 다시금 정신 차리게 하고 있습니다. 그래서 더욱 고마운 마음입니다. 그리고 《예언자》에 그림을 그린 작가 정일모, 그녀는 함박웃음을 지니고 그림을 그리는 여자입니다. 둘이 만나서 이렇게 예쁘게 《예언자》가 다시 나오게 된 것을 축하합니다.

2013년 가을

아침햇살 장길섭

저자 소개 · 칼릴 지브란

지브란은 팔레스타인 인근 레바논 북부에서 1883년 1월 6일에 태어났다. 지브란이 12세 되던 해, 터키의 지배를 받던 레바논에서 세금 징수관으로 일하던 아버지가 세금을 착복한 혐의로 체포되어 전 재산을 몰수당하고 가족이 미국으로 이주해 보스턴에 거처를 잡았다. 지브란은 어머니와 형, 누이동생들의 헌신적인 노력으로 공립학교에 입학하여 영어를 배웠고, 1898년에는 아랍어를 공부하기 위해 다시 레바논 베이루트로 돌아와 '지혜의 학교'에 입학해 1901년 우수한 성적으로 학업을 마쳤다.

1902년 보스턴으로 돌아왔으나 여동생과 형, 어머니의 죽음을 차례로 목도하며 또 다른 여동생 마리안나의 도움으로 생계를 유지하는 힘겨운 생활 속에 그림과 저술 활동에 몰두하게 된다. 1904년부터 그림 전시회를 시작으로 1905년 지브란은 '이주자'지에 아랍 음악에 에세이를 발표하였으며, 1906년에는 세 개의 단편소설 모음집 《초원의 신부》를 뉴욕에서 출판하였고, 1908년에는 《반항하는 영혼》을 뉴욕에서 발표하면서 본격적인 저술 활동을 시작하였다. 1908년 미술을 공부하기 위해

파리로 건너갔으며, 로댕에게서 미술을 사사 받기도 했다.

1910년 봄에 보스턴으로 돌아와 아랍-아메리칸 작가와 지성인들의 모임인 '황금 서클(Golden Circle)'을 결성해 활동하다 1911년 뉴욕으로 옮겨와 창작에만 몰두하게 된다. 1914년에는 다수의 아랍어 산문시가 포함된 철학 에세이 《눈물과 미소》가 출판되었다. 그해 뉴욕 5번 가에 있는 몬트로스 갤러리에서 전시회를 가져 성공을 거두었으나, 대부분의 갤러리들로부터 그의 작품들이 지나치게 현대적이고 나체화가 많다는 이유로 전시를 거부당하기도 하였다. 1916년 새로운 자유 저널 '일곱 개의 예술(Seven Arts)'에 가입해 여러 편의 영어 산문시를 발표하였다. 1918년에는 최초의 영어 작품인 잠언집 《광인》을 발표했으며, 고전 아랍어로 쓴 장편 서사시 《행렬》을 발표하였다. 《행렬》에는 매우 신비적인 개념들과 더불어 도안의 주요 기법을 사용한 소묘들이 많이 실려 있다.

1920년에는 뉴욕에 거주하는 아랍 작가들의 펜클럽, '알라비따 알깔라

미야'를 결성하여 초대 회장을 맡았다. 펜클럽 시인들의 작품은 인본주의, 삶에 대한 낙관, 신에의 귀의, 자연에 대한 관조와 회귀, 두고 온 조국에 대한 그리움 등을 주제로 하고 있다. 특히 시 형태에 있어서 아랍 전통 시가인 까씨다의 구속을 탈피하는 자유로운 음악적 구조, 특히 산문시라는 새로운 분야를 개척하여 아랍시의 현대화에 지대한 공헌을 하였다. 같은 해 지브란은 카이로에서 철학 에세이《폭풍》을 아랍어로 발표하였으며, 뉴욕에서는 잠언집《선구자》를 영어로 발표했다.

1923년에는 20년간의 구상을 거쳐 완성한, 영어 산문시《예언자(The Prophet)》를 발표했다. 칼릴 지브란의 산문시《예언자》는 1923년 첫 출간된 이래 영어판으로만 8백만 부 이상이 팔렸으며 지금도 32개국의 언어로 번역되어 인기를 누리는 그의 대표작이 된다. 이어 1926년에는 뉴욕에서 잠언집《모래, 물거품》을 영어로 발표했으며, 1928년에는《사람의 아들 예수(Jesus, Son of Man)》를 영어로 발표했다. 1931년 3월 세 명의 대지의 신들이 인간의 운명에 대해 벌이는 대화체로 구성된 장편 산문시《대지의 신》을 발표한 후, 그해 4월 10일 오랜 독신생활과 지나

친 음주로 인한 질병으로 뉴욕의 성 빈센트 병원에서 운명하였다. 그의 시신은 고향 레바논의 마사키스 수도원에 안치되었다.

1906년 《초원의 신부》(단편모음집, 아랍어)

1908년 《반항하는 영혼》(단편모음집, 아랍어)

1912년 《부러진 날개》(장편소설, 아랍어)

1914년 《눈물과 미소》(철학 에세이, 아랍어)

1918년 《광인》(잠언집, 최초의 영어 작품)

1919년 《행렬》(산문시, 아랍어)

1920년 《폭풍》(철학 에세이, 아랍어)

1920년 《선구자》(잠언집, 영어)

1923년 《예언자》(장편 산문시, 영어)

1926년 《모래, 물거품》(잠언집, 영어)

1928년 《사람의 아들 예수》(영어)

1931년 《대지의 신》(장편 산문시, 영어)

1932년 《방랑자》(우화집, 영어)

1933년 《예언자의 정원》(영어)

1948년 《초원의 신부》(영어)

옮긴이 · 오동성

오동성은 서울대학교에서 종교학을 공부하고 장로회신학대학원을 나와 2000년에 목사 안수를 받았다. 그는 1999년부터 의식변화 수련 프로그램인 하비람에서 장길섭 목사에게 영성수련을 사사(師事)하여 배우고, 지난 10년간 캐나다 토론토에서 영성생활 공동체인 '삶을 예술로 가꾸는 가족'을 운영하며 그레이스힐 공동체 교회에서 목회를 해왔다.

지금은 토론토 은혜 양로원에서 원장으로 일하며 인생의 황혼기를 보내는 노년들의 삶을 돌보고 있다. 종교학을 통해 열린 학문적인 성찰과 목사로 사람들을 돌보고 만나 온 종교적 경험과 공동체 생활의 경험, 그리고 10여 년간 사람들의 의식변화를 안내하며 수련해 온 배움과 깨달음의 눈으로 칼릴 지브란의 《예언자》를 번역했다.

(http://facebook.com/eastsain, http://sanmul.net)

그림 작가 · 정일모

정일모는 심리 상담과 아동 미술을 공부하고 14년째 감성 미술 선생님으로 활동 중이다. 현재 작가로서 다양한 전시회를 통해 자신만의 예술 세계를 열어 가고 있으며, 성인들의 집단 미술 치유 프로그램인 '함박 아뜰리에' 안내자로 함께하고 있다.

칼릴 지브란이 《예언자》를 통해 삶의 고뇌와 깨달음을 찾아갔듯이 그녀 또한 그림 안에 삶의 깨달음과 희로애락을 담고 있어 《예언자》와 함께한 그녀의 그림은 칼릴 지브란의 통찰을 우리 시대의 감성으로 다시 보여준다.

(http://il-mo.net)

예언자

지은이   칼릴 지브란
옮긴이   오동성
그린이   정일모

펴낸곳   도서출판 나마스테
펴낸이   전형배

2판 1쇄 발행   2014년 7월 10일
2판 2쇄 발행   2016년 3월 22일

주소   서울시 마포구 토정로 222(신수동 448-6)
        한국출판콘텐츠센터 316호
전화   02-333-5678
팩스   02-707-0903
E-mail   chpco@chol.com

ISBN 978-89-7919-578-1 03840